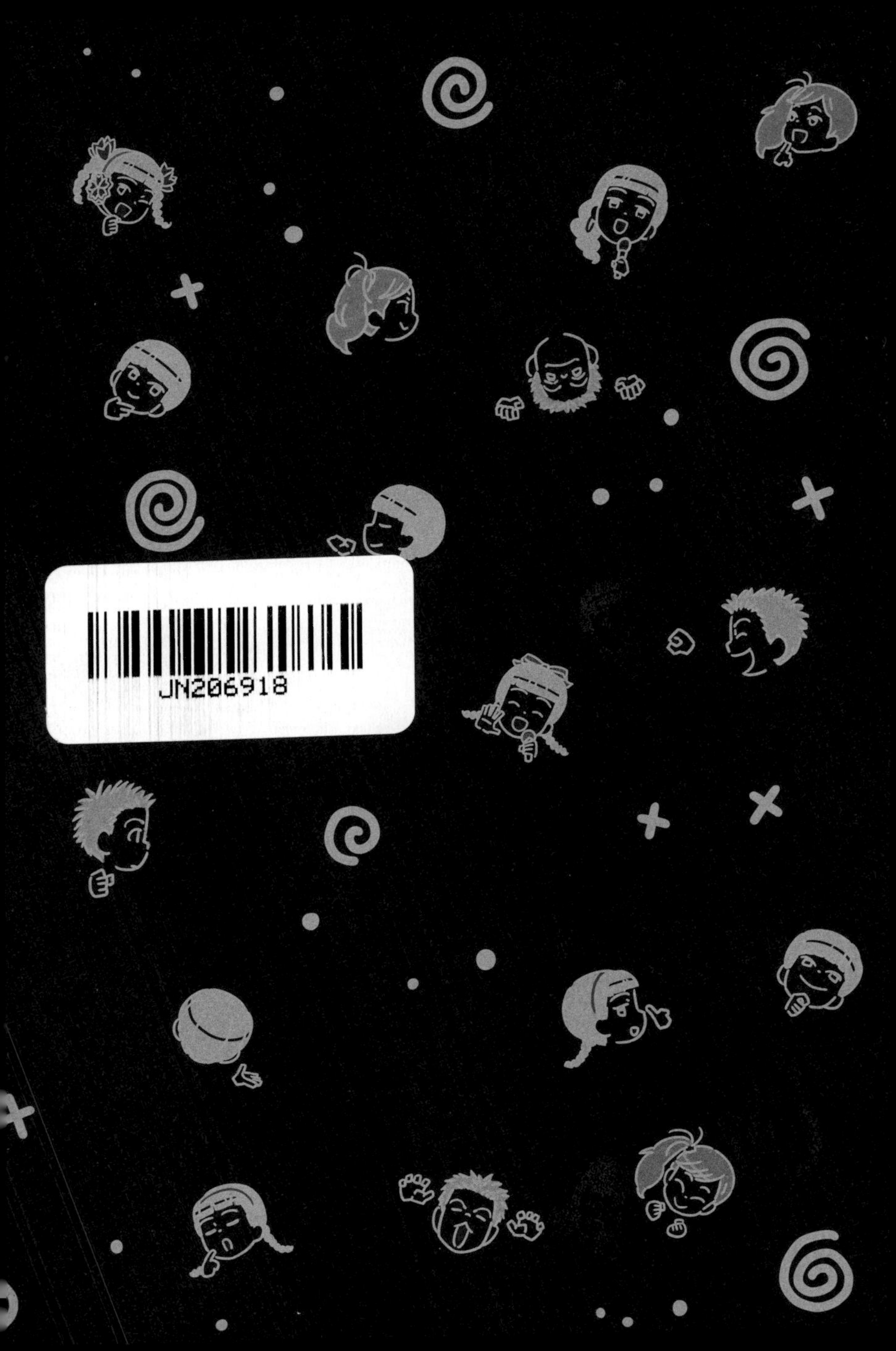

シニカル探偵 CYNICAL DETECTIVE

安《あ》土《づち》真《まこと》

ADUCHI MAKOTO

齊藤飛鳥／作

十々夜／絵

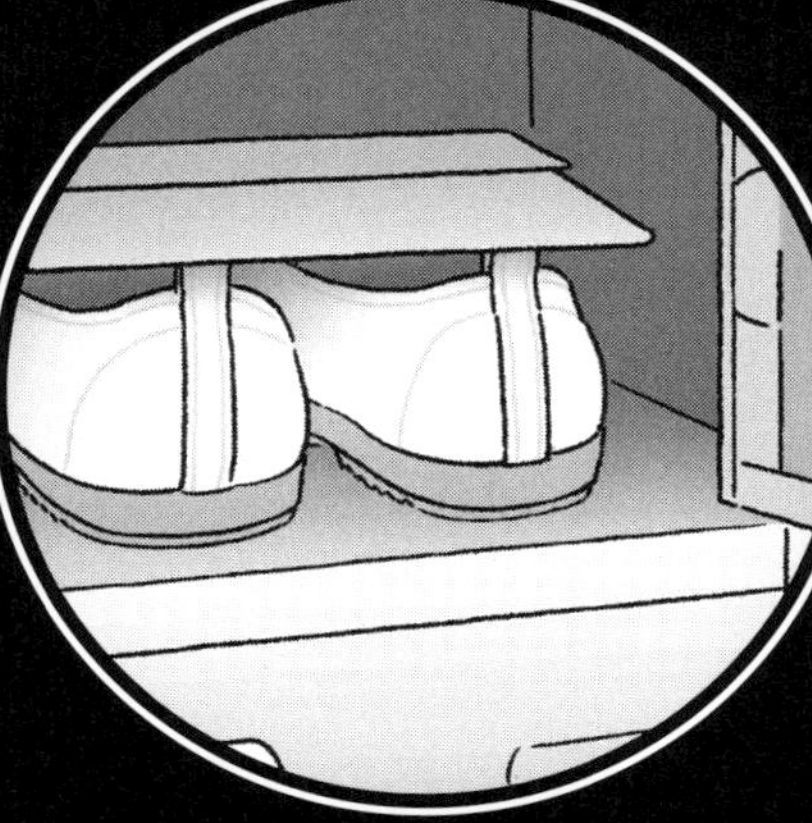

5

さくらの小さな冒険

登場人物

安土《あづち》 真《まこと》

ありあまる探偵《たんてい》の才能《さいのう》の持ち主として、放課後カイケツ団《だん》を結成。性格《せいかく》がとにかく悪い。

渡辺《わたなべ》 さくら

空前絶後《くうぜんぜつご》の疫病神体質《やくびょうがみたいしつ》。自分の招《まね》くトラブルに巻《ま》きこまないよう、友だちはつくらないと決めていたのだが…。

中村《なかむら》 厚夫《あつお》・貞枝《さだえ》

最近、さくらの家の向かいに引《ひ》っ越《こ》してきた底抜《そこぬ》けに明るい夫婦《ふうふ》。5年生の息子は入院している。

伏見《ふしみ》 久美穂《くみほ》

正確《せいかく》無比《むひ》な情報収集《じょうほうしゅうしゅう》能力《のうりょく》をほこる。あだ名はゴシップクイーン。

熊本《くまもと》 歌樹《うたき》
（ウータン）

野生動物にも劣《おと》らない運動神経《うんどうしんけい》から、リアル戦《せん》闘民族《とうみんぞく》と呼《よ》ばれる。

布津《ふつ》 梅音《うめね》

タコ公園で怪《あや》しいおじさんを目《もく》撃《げき》・撮影《さつえい》する。

月井《つきい》 菜美《なみ》

家のとなりのアパートに怪《あや》しい男が引《ひ》っ越《こ》してきて困《こま》っている。

もくじ

第一章

偶然《ぐうぜん》にして最悪の状況《じょうきょう》

わたしは、渡辺《わたなべ》さくら。

七草第一小学校《ななくさだいいちしょうがっこう》五年一組の生徒。

自称《じしょう》美少年探偵《たんてい》安土真《あづちまこと》が率《ひき》いる〈放課後カイケツ団《だん》〉の一員でもある。

この〈放課後カイケツ団〉、事件《じけん》を解決《かいけつ》するためのグループなので、謎解《なぞと》きに役立つ特技《とくぎ》を持つ人しかメンバーにいない。

たとえば、ウータンこと熊本歌樹《くまもとうたき》くん。

彼《かれ》は〈リアル戦闘民族《せんとうみんぞく》〉というあだ名を持つ、〈放課後カイケツ団〉の最強ボディーガードだ。

これまで、わたしが目撃《もくげき》しただけで、凶悪《きょうあく》な大人数人と高校生一人を倒《たお》している。しかも、素手《すで》で。

頭脳《ずのう》で解決できないトラブルには、熊本くんの腕力《わんりょく》が大いに役立つ。

それから、伏見久美穂《ふしみくみほ》さん。

彼女《かのじょ》は、〈ゴシップクイーン〉のあだ名を持つ、〈放課後カイケツ団〉の情報屋《じょうほうや》だ。

学校内だけではなく、町内のうわさまで正確《せいかく》に知りつくしていて、トラブルの解決をサポートする。

よそのクラスの子の特徴《とくちょう》も知っていれば、ずっと昔につぶれたホテルで起きたトラブルまで把握《はあく》しているのだから、検索《けんさく》エンジンも真っ青だ。

わたしは、二人にくらべると、ずっと地味だ。

〈放課後カイケツ団〉のくせ者鍵師《かぎし》。

とある事情《じじょう》から、ピッキングの特技を身につけたので、鍵のかかった部屋を開けて侵《しん》入《にゅう》し、トラブルの解決に役立つ。

そして、もう一つ。

わたしと、〈放課後カイケツ団〉のリーダーである安土真の二人だけが知っている、わたしの役割《やくわり》がある。

それは、〈放課後カイケツ団〉が解決すべきトラブルを引き寄《よ》せる役割だ。

ふつうの人間なら、ありえないけど、わたしだからこそ、ありえる役割だ。

なぜなら、わたしは渡辺《わたなべ》さくら。

死神もはだしで逃《に》げ出す、疫病神体質《やくびょうがみたいしつ》の女だから。

ところで、疫病神体質ってどんなものか知ってる？

かんたんにいえば、トラブルを引き寄《よ》せる体質のこと。

最近引き寄せられたトラブルで、中クラスのものは、小火騒《ぼやさわ》ぎと暴《あば》れオオアリクイと車の三回転スピンだったかな。

大クラスのトラブルとなったら、本当にしゃれにならない。

そういうわけで、疫病神体質に生まれついたせいで、わたしには幸せというものに、ほとんど縁《えん》がない……。

「さくら。お母さん、あさっての水曜日に、パルゲニョ会の集会へ行って教祖《きょうそ》さまとお会いするから、その日は夜までお留守番《るすばん》頼《たの》むわね」

いやいやいやいや！

縁がないと言ったそばから、急に幸せの方からわたしのもとへやってきてくれた！

わたしは、もの思いにふけるのをやめ、現実《げんじつ》に戻《もど》る。

今のわたしは、お母さんと二人、うちで夕食を食べていた。

保険《ほけん》会社勤務《きんむ》のお父さんは、まだ帰ってきていないので、夕食はいつもお母さんと二人きりだ。

夕食の時間は、週に五回の割合《わりあい》で、気が重い。

それというのも、お母さんは家事が嫌《きら》いで、いつも怒《いか》り狂《くる》いながら食事の支度《したく》をするからだ。

家事嫌いなのに、いまだに専業主婦《せんぎょうしゅふ》でいるのはどうしてなのか、子どもながら素朴《そぼく》に疑問《ぎもん》だ。でも、そんなことを口に出したら、向こう二時間は「親への理解《りかい》がない冷たい子どもを育てているお母さんの不幸」を、さまざまな表現《ひょうげん》で聞かされるだけだから、言わない。

だから、わたしは〈放課後カイケツ団《だん》〉についてもの思いにふけることで、重苦しい夕食の時間を乗りきろうとしていたほどだ。

でも、そんなお母さんが、珍《めずら》しく夕食の食卓《しょくたく》でハッピーニュースを伝えてくれるなんて！

わたしは、うれしさのあまり、パエリアのムール貝を落とさないよう口へ運んでから、お母さんへ返事した。

「わかった」

お母さんは、新興宗教《しんこうしゅうきょう》パルゲニョ会の信者で、ほかの信者仲間たちをうちへ呼《よ》んでは、よくわけのわからない儀式《ぎしき》をやっている。

それがうるさくていやだから、わたしはこれまでの人生ずっと、アウトドア派《は》のひきこもりをアイデンティティとしていたくらいだ。

そのお母さんが、水曜日は夜までうちにいない！

なんて解放感《かいほうかん》！

なんて幸せ！

これまで何度も食べてきたお母さんのパエリアだけど、今晩《こんばん》食べたのが一番おいしかった。

翌朝《よくあさ》。

わたしは、忘《わす》れものはないか確認《かくにん》をすると、一路、七草第一小学校《ななくさだいいちしょうがっこう》をめざした。

おかしなもので、いつもなら通学路では何人もの通行人とすれちがうのに、今日は誰《だれ》とも会わない。

まさか、無人の世界線へ迷《まよ》いこんでしまった？

……て、そんなわけない。

昨日の一件《いっけん》で、はしゃぎすぎて、いつもより一時間も早く家を出たせいだ。

朝の空気が、いつもの五割増《わりま》しでおいしい。

早起きは三文《さんもん》の得ということわざは知っているけれど、これほど説得力を実感するのも珍《めずら》しい。

七草第一小学校へ近づくにつれ、ぽつりぽつりと人が見え始めた。

校門に入ってからまっすぐ飼育《しいく》小屋の方へ行っているから、飼育係の人たちらしい。

七草第一小学校《ななくさだいいちしょうがっこう》では、飼育小屋にニワトリ四羽、チャボ三羽、ウズラ二羽《わ》を飼《か》っているから、飼育係たちが当番制《せい》でかわりばんこに一生懸命《いっしょうけんめい》お世話をしている。

わたしも、前の学校にいたとき、飼育係を経験《けいけん》してみたけれど、別の当番が飼育小屋の鍵《かぎ》を閉《し》め忘《わす》れていたせいで、二十四《ひき》のリスが大脱走《だいだっそう》というトラブルが発生。

リスは無事に全員保護《ほご》されたけれど、あれ以来、わたしは生きものの命を守るため、飼育係になることをやめた。

ほろ苦い思い出に軽く胸《むね》を締《し》めつけられたけれど、こんなの生きていれば毎日起きること。気にしない。

それより、今は下駄箱《げたばこ》へ行くのが最優先《さいゆうせん》！

わたしは、校門を抜《ぬ》けると、気合いを入れて昇降口《しょうこうぐち》へと向かった。

昇降口に入ると、まずは自分のクラスである、五年一組の下駄箱へ向かう。

七草第一小学校の下駄箱は、扉《とびら》付きのスチール製《せい》だ。

薄《うす》く灰色《はいいろ》がかった白だけど、ところどころ塗装《とそう》がはげて、赤茶色にさびた部分が見える。

わたしは、ポケットを触《さわ》り、中の物が確《たし》かにあるのを確認《かくにん》する。

よし、大丈夫《だいじょうぶ》。

ちゃんと、持っている。

「な、何をこっち見ているんだよ！」

いきなりひっくり返った声でどなりつけられ、わたしはびっくりした。

ポケットの中身に気を取られていて、ろくに前を見ていなかったのに「こっちを見ている」とは、どういうこと？

理不尽《りふじん》さにとまどいながら、どなりつけてきた相手を見てみると、知った顔だった。

下唇《したくちびる》の突《つ》き出た、ふてぶてしい顔つき。

五年四組の、池菅寧也《いけすがねいや》くんだ。

でも、ここは、五年一組の下駄箱だ。

どうして、五年四組の彼《かれ》がここにいるの？

そそくさと立ち去ろうとした池菅《いけすが》くんに声をかけようとしたところで、後ろから悲鳴があがった。

ふり返ると、そこには、同じクラスの女子その一さんとその二さんがいた。

二人とも、飼育係《しいくがかり》だったのか。

その一さんの名前は、月井菜美《つきいなみ》さん。名前にちなんだ菜の花のヘアピンとサラサラロングヘアーの組み合わせがよく似合《にあ》う、どこかかぐや姫《ひめ》を思わせる美少女だ。でも、基《き》本的《ほんてき》にエスニック系《けい》ファッションだから、エスニックかぐや姫といった感じだ。

その二さんの名前は、布津梅音《ふつうめね》さん。後ろにまとめた髪《かみ》に、名前にちなんで梅の花のかんざしをつけるといった、和柄《わがら》の振袖《ふりそで》パーカーが基本スタイルのおしゃれさんだ。

ブラウスとオーバースカートといった昭和《しょうわ》レトロのファッションを愛するわたしから見ても、二人ともファッションセンスがいい。

「何これ、ひどい……！」

月井さんは、泣き出しそうになりながら、一枚《まい》の紙を手に持っていた。

「わたしのところにも入っていた！」

布津さんは、怒《おこ》った顔をして下駄箱《げたばこ》の中から封筒《ふうとう》を取り出す。よく見かける茶封筒だ。

その中から、布津さんは便《びん》せんを出して素早《すばや》く目を通す。

「やっぱり、そうだ！　これ、不幸の手紙だ！　ひどーい！」

不幸の手紙。

もう名前からして、トラブルの塊《かたまり》だ！

どうして、今日に限《かぎ》ってこんなものが？

わたしについている疫病神《やくびょうがみ》は、今日も働きすぎだ！

「おい、おまえらもか。おれもだ！」

下駄箱の裏《うら》から、どこか見覚えのある男子生徒が顔を出す。

五年一組の下駄箱の裏だから、五年二組の男子だ。写生大会のときに見覚えがあるから、たぶん、伏見《ふしみ》さんの友だちの一人だ。

二組の男子生徒は、わたしたちへ向かって、不幸の手紙を広げて見せる。
おかげで、わたしにも不幸の手紙の内容《ないよう》が読めた。

これは、不孝の手紙です。この手紙をよんだ人はこれからまいにちたいくのじかんに、しじつをうけるほどのおうけがをします。この不孝からのがれるためには、おなじ手紙を十三人に出すしかありません

今どき昔の怪談《かいだん》話みたいに、不幸の手紙を書く人がいるとは思わなかった。
それも、よりによって、今日！
ほかの日にやってとは言わないけれど、どうして今日なの！
これも、疫病神体質《やくびょうがみたいしつ》だから？
それとも、この前、疫病神に抵抗《ていこう》した仕返しなの？
「いったい、誰《だれ》の仕業《しわざ》だよ！」

頭を抱《かか》えるわたしの前で、男子は怒《おこ》りながら床《ゆか》を踏《ふ》みつける。

人けのない昇降口《しょうこうぐち》に、その足音は大きく響《ひび》き渡《わた》る。

これが合図になったように、五年三組と四組の下駄箱《げたばこ》からも、一人ずつ生徒が顔を出す。

五年三組と四組は、下駄箱は一緒《いっしょ》でも、教室の校舎《こうしゃ》がちがうので、見かけたことのない生徒たちばかりだ。

「そっちにも不幸の手紙があったんだ？」

と言ったのは、五年三組の下駄箱の方から出てきた男子。

「こっちにも入っていた！」

と言ったのは、五年四組の下駄箱の方から出てきた女子。

右を見ても左を見ても怒った顔、顔、顔！

怒っていないのは、正面にいる池菅《いけすが》くんくらいだけど、こちらは不機嫌《ふきげん》そうな顔をしているから、見ていて不愉快《ふゆかい》だ。

「もしかして、渡辺《わたなべ》さんの下駄箱《げたばこ》にも入っているんじゃない？」

「大丈夫《だいじょうぶ》？　確認《かくにん》した方がいいよ？」

月井《つきい》さんと布津《ふつ》さんが、心配そうに声をかけてきてくれた。

四月中旬《ちゅうじゅん》にこの七草第一小学校《ななくさだいいちしょうがっこう》へ転入してきてから、およそ一か月たった五月中旬。

いい加減《かげん》、転入生としての特別さが薄《うす》れてきたのに、いまだに友だちになろうと声をかけてくれているだけあって、二人とも人間ができている。

「ありがとう。そうする」

わたしは、下駄箱の扉《とびら》を開ける。

あったのは、わたしのうわばきだけだった。

不幸の手紙は、どこにもなかった。

「よかった、渡辺さんのところにまで、不幸の手紙を入れられなかったんだね！」

「渡辺って名字が、五十音順で最後だったから、入れられずにすんだのかも！」

月井さんと布津さんは、わたしに不幸の手紙の被害《ひがい》がなかったことを、手放しで喜ぶ。

これは、不孝の手紙です。この手紙をよんだ人
はこれからまいにちたいくのじかんに、しじつ
をうけるほどのおうけがをします。この不孝か
らのがれるためには、おなじ手紙を十三人に出
すしかありません

「なあ。不幸の手紙を入れている最中だったとしたらさ。それだと犯人《はんにん》が、まだここにいるってことにならないか？」

二組の男子が、池菅《いけすが》くんの後ろから顔を出す。

池菅くんは、ぎょっとしたように相手をにらみつけた。

「何を言い出すんだよ、おまえ？　もしかして、自分が犯人だから、そう言って疑《うたが》いがかからないようにしているのか？　あやしいな！」

池菅くんからいきなり犯人呼《よ》ばわりされ、二組の男子が目を白黒させていると、五年三組の男子が近づいてきた。

「そいつが犯人かどうかはわからないけど、今ここにいる人間の中に犯人がいる可能性《かのうせい》が高いよな」

「そうだよね。でも、わたしじゃないからね。わたし、今昇降口《しょうこうぐち》に来たばっかりだから、一組から四組まで不幸の手紙を入れられないもの」

五年四組の女子も、近づいてくる。

気がつけば、わたしのまわりに、不幸の手紙の被害者《ひがいしゃ》たちが集結してきていた。

「だったら、一人だけ不幸の手紙が下駄箱《げたばこ》の中に入っていなかった、こいつがあやしい！　おれ、こいつが妙《みょう》な動きをしているのが気になったから、一組の下駄箱までのぞきに来たくらいだし！」

いきなり池菅くんが、わたしを指差してきた。

「寧也《ねいや》。またそうやって、ほかの人に罪《つみ》をなすりつけているんじゃない？」

五年四組の女子が、ため息まじりに言った。

「なんだよ、おまえこそ、そう言って、自分のやったことをごまかそうとしているんじゃないのか？」

池菅くんは、顔を真っ赤にして言い返す。

さっきは、わたしを疑っていたくせに、めちゃくちゃだ。

「人を疑うことはいけないんだぞ！　おまえら全員、先生に言いつけてやるからな！」

自分のことを棚《たな》にあげ、池菅くんは、彼《かれ》を疑ってもいない人たちまで先生に言いつけると言い出す。

もう本当、池菅《いけすが》くんは迷惑《めいわく》人間だ。

こんなのと出会ってしまうなんて、わたしはつくづくとんだ疫病神体質《やくびょうがみたいしつ》だ。

「落ち着けよ、池菅。だったら、ここで、持ちもの検査《けんさ》をしようぜ」

二組の男子が、名案とばかりに言い出す。

「それ、いいかも」

「うん！　犯人《はんにん》は、不幸の手紙を下駄箱《げたばこ》に入れている最中にわたしたちが来たんで中断《ちゅうだん》したから、渡辺《わたなべ》さんの下駄箱に入れなかったんだもん。きっと、まだ不幸の手紙の残りを持っているよ！」

月井《つきい》さんと布津《ふっ》さんが、提案《ていあん》に乗る。

二人だけではない。

わたし以外のみんなが、持ちもの検査に賛成《さんせい》の空気に変わりつつある！

まずい！

絶対《ぜったい》に持ちものの検査だけはされたくないのに！

「だったら、おれの持ちものを見せてやるよ」

池菅くんは、ナップザックをおろすと、あてつけがましく中身を見せる。

入っていたのは、教科書とノートと筆箱という、ごくごく当たり前の小学生の持ちものだけだった。

続いて、ポケットの中身を出すと、人気SF《エスエフ》アニメ『鋼鉄守護神《こうてつしゅごしん》〈鬼火《おにび》〉NEO《ネオ》』のウエハースチョコのおまけシールが三枚《まい》出てきた。

ロボットにも変形する戦闘機《せんとうき》〈鬼火〉と、主人公の美少女パイロットのコニィ、さらにはコニィが捕獲《ほかく》している宇宙生物《うちゅうせいぶつ》たちの一匹《ぴき》の、三種類だ。

二週間前に発売された新シーズンのおまけシールの中でも、主人公のコニィのシールは、めったに当たらないから、百万から五百万円で転売されていると聞いたことがある。

それなのに、当てた池菅くんは相当運がいい。うらやましい。

「それと、おれの下駄箱に入っていた不幸の手紙だ。ほら、おれが見せたんだから、おまえらも持ちものを見せろよ」

持ちもの検査《けんさ》をすませた池菅《いけすが》くんは、えらそうにわたしたちへ言う。

ほかのみんなも、おまけシール以外は池菅くんと似《に》たり寄《よ》ったりの持ちものしか持っていなかった。

まずい。

すごく、まずい。

とことん、まずい！

「最後は、渡辺《わたなべ》さんだよ？」

「渡辺さん？」

優《やさ》しいまなざしで、月井《つきい》さんと布津《ふっ》さんが話しかけてくる。

でも、わたしは返事ができないでいた。

「どうして持ちもの検査をしたがらないんだよ？」

「もしかして、おまえが犯人《はんにん》なのか！」

二組と三組の男子が、そろって疑《うたが》わしそうにわたしをにらむ。

「何か持ちもの検査をしたくない理由でもあるの？」

「そうだぞ！　犯人じゃないなら、持ちものを見せろよ！」

四組の女子と池菅くんが、責《せ》め立ててくる。

でも、見せろと言われても、今はとても見せられない！

黙《だま》りこむわたしに、月井さんと布津さんは不安げだ。

「おまえが犯人だ！　犯人、は・ん・に・ん！　ほら、犯人だって言えよ。い-・え-・よ-！」

池菅くんは、両手をたたいて、変なリズムを取りながら、はやし立てる。

かなり異様《いよう》な行動だけれど、わたしが不幸の手紙を下駄箱《げたばこ》に入れた犯人だと、ここにいるみんなから思われている今、池菅くんを止める人はいなかった――。

「朝からギャアギャアギャアギャアギャアうるさいな。少しは口を閉《と》じたらどうだ？　飼育《しいく》小屋のニワトリたちの方が、まだ脳《のう》みそを持ち合わせているよ」

——と、思ったら、案外あっさりいた。
マッシュルームみたいなヘアスタイル。
向かって右が黒で左が白い半そでシャツ。
ひざ上の半ズボンは、反対に向かって右が白で、左が黒。
くつ下は、反対の反対で一回転したごとく、向かって右が黒で左が白。
そして、くつは、一周まわってもとに戻《もど》って、向かって右が白で、左が黒。
特徴《とくちょう》と個性《こせい》しか見当たらない男子生徒が、わたしたちの前に現《あらわ》れた。
その名も、安土真《あづちまこと》。
幸か不幸か、わたしは彼《かれ》のことを知っている。
〈放課後カイケツ団《だん》〉のリーダー。
人間性はともかくとして、ありあまる探偵《たんてい》の才能《さいのう》の持ち主でもある。
「もめているようだな。事件《じけん》かい？　だったら、ぼくの出番だね」
安土真は、そう言って、左肩《ひだりかた》にショルダーバッグのようにかけている、ラミネート加工された、一メートルはあるボール紙を手に取ると、わたしたち全員に見せつける。

ボール紙には、こう書かれていた。

【探偵事務所《たんていじむしょ》】

これは黒い太字のサインペンでデカデカと書かれている。

さらによく見ると、下に赤い小ぶりな文字で細《こま》かく説明が書かれていた。

【ワンコイン価格《かかく》五〇〇円。ただし、必要経費《けいひ》は別払《べつばら》い。】

【無能《むのう》な親、無神経《むしんけい》な先生に言えない悩《なや》みを解決《かいけつ》します。】

【宿題の手伝い、そうじ当番の身代わりはいたしません。】

安土真の、このポータブル看板《かんばん》に書いてある文章は、いつ見てもさまざまな方面へけんかを売っているとしか思えない。

それでも、安土真がこうして今も元気に生きているところを見ると、この七草第一小《ななくさだいいちしょう》学校《がっこう》の生徒や先生たちは、売られたけんかを買わない、心が広い人たちらしい。

「安土、ちょうどよかったぜ。今さ、下駄箱《げたばこ》の中に不幸の手紙を入れられて困《こま》っていたんだ。それで、犯人《はんにん》かもしれないやつをしぼりこめたんだけど、どうしてもそいつが口を割《わ》らないんだ。なんとか解決《かいけつ》してくれないか？　これ、依頼料《いらいりょう》」

安土真《あづちまこと》と同じ、三組の男子にとって、安土真のこの行動は日常《にちじょう》らしい。

眉《まゆ》一つ動かさず、慣《な》れた手つきで首からぶらさげていた財布《さいふ》を取り出すと、五百円玉を安土真へ渡《わた》す。

「先払《さきばら》いとは、ありがたいね。毎度あり、麩錬戸璃弥《ふれんどりいや》。それにしても、不幸の手紙だなんて、今どき書く人がいるんだな。てっきり怪談《かいだん》の中だけの話かと思ったよ」

安土真は、無駄《むだ》のないなめらかな動きで、自分のズボンのベルトホルダーにキーホルダーとしてついていた、小さな黒いがま口の財布へ五百円玉をしまう。

「安土もそう思った？　おれもだぜ。それで思い出した。安土も、下駄箱《げたばこ》に不幸の手紙を入れられているかもしれないぞ」

「可能性《かのうせい》として高いな。では、さっそく確認《かくにん》だ」

「ふつう」や「平均《へいきん》」とか「当たり前」から、ごっそりとはみ出している安土真だけれど、クラスメイトとの関係はいいらしい。三組の男子改め麸錬戸くんと、すごく自然に会話をしている。

それにしても、前に会った鸚鵡《おうむ》鸚《いん》哥《こ》丸《まる》さんほか、安土真の所属《しょぞく》する五年三組には、漢字でどう書くのかピンとこない名字の人が多い。

安土真は、いったん三組の下駄箱の方へ姿《すがた》を消したが、すぐにわたしたちのもとへ戻《もど》ってきた。

「当たりだ。ぼくの下駄箱の中に入っていた」

そう言って、安土真は封筒《ふうとう》を開けると、不幸の手紙へ目を通す。

「ふぅん、自分の筆跡《ひっせき》がわからないように、パソコンで印字してプリントアウトしたものを使う程度《ていど》の脳《のう》みそは、犯人は持ち合わせていたらしいね。それと、不幸の手紙をプリントアウトした用紙の色味からして、うちの学校のパソコンルームで使われているものだ。おかげで、紙の種類から、誰《だれ》の仕業《しわざ》か割り出せないようになっている。そんな知《ち》恵《え》をしぼるくらいなら、不幸の手紙を書かない方向で知恵をしぼればいいのに、犯人はばかなやつだなぁ」

出た。

犯人《はんにん》をボロクソに言う安土真《あづちまこと》の性格《せいかく》の悪さが！

「ちょっとちょっと、安土くん。言いすぎなんじゃないの？」

「犯人にだって、何か深い事情《じじょう》があったかもしれないのに」

月井《つきい》さんと布津《ふつ》さんが、眉《まゆ》をひそめる。

たぶん、二人とも、わたしが犯人だと思って、かばっているつもりなのだろうな。

うれしいけれど、疑《うたが》わないでくれた方が、百万倍うれしい。

でも、ぜいたくを言ってはいけない。

優《やさ》しさなんて、ただでかんたんにもらえるものではないのだから。

疫病神体質《やくびょうがみたいしつ》なら、なおさらだ。

「深い事情があれば、不幸の手紙を下駄箱《げたばこ》にばらまいてもいいのかい？　もっと深い事情を抱《かか》えて悩《なや》み苦しんでも、不幸の手紙をばらまかずにまともに生きている人を、とて

つもなくばかにした理屈《りくつ》だよね、それ？　不幸の手紙が弱点の宇宙人《うちゅうじん》からレーザー銃《じゅう》で撃《う》たれそうになっている赤ちゃんを守ろうとして、不幸の手紙をばらまくって事情《じじょう》なら許《ゆる》せるけど――」

どんな事情？

そして、どんな状況《じょうきょう》!?

もっと、ましなもののたとえはないの？

「――どう考えてもこの不幸の手紙をばらまいた犯人《はんにん》はそんな深刻《しんこく》な事情は抱《かか》えていない。そんな人間を大目に見たら、調子に乗るだけ。ここは、不幸の手紙をばらまいても、自分の抱える悩《なや》みも苦しみも消えやしないと教育してやるのが、本当の優《やさ》しさだ」

安土真《あづちまこと》の優しさは、月井《つきい》さんや布津《ふつ》さんの優しさとはちがう。

『ツルの恩返《おんがえ》し』のおじいさんのように、罠《わな》にかかったツルを見かけたら罠から救い出す優しさではない。これ以上ツルが苦しまないよう、ひと思いにとどめを刺《さ》して楽にしてやるタイプの優しさだ。

「だったら、安土。さっさと犯人にもっと説教してやってくれよ。こいつが、不幸の手紙を下駄箱《げたばこ》に入れた犯人なんだからさぁ」

麩錬戸《ふれんど》くんは、安土真の肩《かた》に自分のひじをのせ、わたしを指差す。

「そういえば、さっき犯人はわかっているが、口を割《わ》らないので困《こま》っていると言っていたね。それで、何を根拠《こんきょ》に彼女《かのじょ》が犯人だと思ったんだ？」

「持ちもの検査《けんさ》を一人だけしなかったからだよ」

四組の女子はそう言ってから、これまでの出来事をわかりやすくまとめ、安土真へ伝える。

安土真は、話をきき終えると、吹《ふ》き出した。

「すごいね、君たち。魔女裁判《まじょさいばん》の裁判官並《な》みの頭脳《ずのう》だ」

たぶん、ほめ言葉ではないな、これ。

「持ちもの検査をしなくても、かんたんなテストで犯人はわかるさ」

安土真は、そう言いながらランドセルから、ペンとメモ帳を取り出す。

「これから、ぼくが言う言葉を指示《しじ》どおりに書いてくれ。いいね？」

持ちもの検査《けんさ》をされないなら、断《ことわ》る必要はない。

わたしも、ほかのみんなと同じように、ランドセルから筆記用具を取り出した。

「まず、『ふこう』を漢字で書いてくれ」

「テストって、国語のテスト？」

わたしばかりか、この場にいたみんなが、声をそろえてツッコミを入れる。

「いいから、書いてくれよ。あと、カンニングをしたら、その時点で犯人確定《はんにんかくてい》だからね。

次は……」

安土真《あづちまこと》は、そう言って次から次へとわたしたちに文字を書かせていく。

これが、安土真がテストと言って、わたしたちに書かせた内容《ないよう》だ。

1　「ふこう」を漢字で書く。

2　「体育」を漢字で書いたら、読み仮名《がな》を下に書く。

3 「手術」を漢字で書いたら、読み仮名を下に書く。

4 大けがの「大」の部分の読み仮名を下に書く。

これで、本当に犯人がわかるの？

わかるのは、国語力だけなのでは？

そう思いながら、わたしは安土真に言われたとおりに書いていった。

「書けたぞ」

麩錬戸《ふれんど》くんが片手《かたて》を挙《あ》げながら、安土真へ呼《よ》びかける。

「わかった。では、『いっせーのせ』で見せてくれるかな？　いっせーの――」

「――せっ！」

わたしたちは声だけでなく、メモを見せるタイミングまで一致《いっち》させる。

おそるべし、『いっせーのせ』！

「なるほど、なるほど」

安土真《あづちまこと》は、すずしい顔で、わたしたちのメモを見ていく。
わたしも、ほかのみんなのメモを見た。
月井《つきい》さんと布津《ふつ》さんも、わたしと同じ答えだった。

1　不幸

2　体育（たいいく）

3　手術（しゅじゅつ）

4　大（おお）けが

でも、それ以外のみんなはちがっていた。

たとえば、二組の男子生徒は、

1 不辛
2 体育（たいく）
3 主術（しゅじつ）
4 大（おお）けが

続いて、麩錬戸《ふれんど》くんは、

1 不香
2 体行（たいく）
3 首実（しぢつ）
4 大（おー）けが

そして、四組の女子生徒は、

1　不幸
2　体育（たいいく）
3　手述（しゅじゅつ）
4　大（おを）けが

最後に、池菅《いけすが》くんは、

1　不孝
2　体育（たいく）
3　手術（しじつ）
4　大（おう）けが

この小学校の五年生の国語力は、大丈夫《だいじょうぶ》なの？

先生や保護者《ほごしゃ》でもないのに、心配になってきた。

「こんなテストで、本当に犯人《はんにん》がわかるのか、安土《あづち》？」

麩錬戸《ふれんど》くんは、首をかしげる。

「わかったとも。君たちもメモをよく見ればわかるよ」

安土真《あづちまこと》は、得意げに前髪《まえがみ》をかきあげる。


さて、問題です。

安土真は、みんなのメモを見て、誰《だれ》が犯人《はんにん》だと見抜《みぬ》いたのでしょう？

みんなも一緒《いっしょ》に考えてみてね！

毎度おなじみ、よい子向け番組の司会者のような声が、頭の中にアナウンスされる。
それだけではない。今回は、プリティでキュートな女の子戦士のようなファッション

に身を包《つつ》み、インカムをつけて司会をしている自分の姿《すがた》が脳内《のうない》に浮《う》かんでしまった。どこまで突《つ》っ走る気だ、わたしの想像力《そうぞうりょく》！

脳内の景色をふりきるため、わたしはメモを見直した。

「あれ……？　もしかして、犯人《はんにん》は……」

わたしは、思わずある人へ顔を向けた。

わたしだけではない。

月井《つきい》さんと布津《ふつ》さんも、同じ人へ顔を向けていた。

二組の男子も、麩錬戸《ふれんど》くんも、四組の女子も、みんなそろって、池菅《いけすが》くんへ顔を向けていた。

みんなの視線《しせん》に気がついた池菅くんは、唇《くちびる》をへの字に曲げて顔を真っ赤にした。

「なんだよ！　なんで、おまえらみんなしておれを見ているんだよ！」

「かんたんだよ、池菅。おまえだけ、不幸の手紙に書かれていたのと、そっくり同じミスをしていたのが、今のテストでわかったからだ」

安土真《あづちまこと》は、得意げに前足をなめる猫《ねこ》のような目つきで、池菅くんへ言い放つ。

「はあっ？　おれのどこがまちがっているんだよ？」

「すべてさ。いいかい？　不幸の手紙を書いた人物は、テストで出した言葉をすべてまちがえて書いていた。だから、不幸の手紙と同じように書きミスする人間が犯人だとわかったわけさ」

「おれ、悪くねえし！　まちがって書いているなら、麩錬戸の方が全部まちがえているじゃねえか！　あいつこそ、犯人じゃねえのか？」

そう。

安土真の言ったとおり、池菅くんだけが、不幸の手紙とそっくり同じ書きまちがえをしていたので、わたしたちにも彼《かれ》が犯人だとわかったのだ。

でも、池菅くんは、悪あがきをする。

大声でわめき続ければ、それが真実として受け入れられると思いこんでいるようだ。

「あいにく、不幸の手紙の中に出てくる書きまちがえよりも、麩錬戸の書きまちがえの方が、目も当てられないほどひどいんだ。だから、絶対《ぜったい》に、この不幸の手紙を書いた犯《はん》人《にん》は、麸錬戸《ふれんど》じゃない」

安土真《あづちまこと》は、池菅《いけすが》くんの悪あがきをあっさりとかわす。

麸錬戸くんといえば、とても複雑《ふくざつ》そうな顔をしていた。

「そういうわけで、池菅寧也《いけすがねいや》くん。君が不幸の手紙を書いて下駄箱《げたばこ》に入れた犯人だ。食事をしたら歯を磨《みが》いて虫歯を防《ふせ》ぐように、自分のしたことには自分で責任《せきにん》を持ってくれ」

「はあっ？　どういう意味だよ？」

「すまない。わかりにくかったみたいだね。ここは、君の脳《のう》みそのレベルに合わせて言ってあげよう」

安土真は、まるで天使のように優《やさ》しそうな表情《ひょうじょう》をして見せてから一転、魔法陣《まほうじん》で呼《よ》び出された大悪魔《だいあくま》が即座《そくざ》に魔界《まかい》へ帰りたくなるほどおそろしい形相《ぎょうそう》に変わった。

「みんなが学校へ来る前に、おまえがばらまいた不幸の手紙をすべて回収《かいしゅう》しろ。さもないと、先生だけじゃなく、保護者《ほごしゃ》にも言いつけるし、なんなら民事裁判《みんじさいばん》で訴《うった》えるぞ。知っているか？　不幸の手紙は、脅迫罪《きょうはくざい》や迷惑条例違反《めいわくじょうれいいはん》になるんだ。おまえは、小学生だからって罪《つみ》には問われないとなめきっているみたいだが、おまえの責任能力《のうりょく》が認《みと》められない場合は、ぼくたちは民事裁判で親に賠償金《ばいしょうきん》を請求《せいきゅう》できるんだよ。親のお金がなくなったら、おまえはもう、好きなゲームとかお菓子《かし》を買ってもらえなくなるんだぞ？　ぼくとしては、おまえがそんな目にあっても、ちっとも心が痛《いた》まないから、かまわないけどね。さあ、どうする？　不幸の手紙を回収する？　しない？　選びたまえ。君は自由だ」

自由って、なんだっけ？

でも、この流れで声に出すと話の腰《こし》を折《お》るみたいなので、わたしは心の中で思うだけにとどめた。

「なんだよぉ……この前も、その前も、なんだっておまえはおればかり責《せ》め立てるんだよ？　ほかに悪いことをしているやつだっているのに、どうしておれにばかり目をつけるんだ？」

池菅くんは、開き直ってふてくされる。

わたしはもちろん、月井《つきい》さんも布津《ふつ》さんも、この場にいたみんなが、池菅《いけすが》くんの独《ひと》りよがりな態度《たいど》に、いらだたされる。

たぶん、池菅くんが不幸の手紙をばらまいたのも、この前、彼《かれ》のやった悪事が全校生徒の前で先生たちに注意されたことへの八つ当たりだろう。

自分だけみじめになるのがいやだから、不幸の手紙をばらまいて、みんなをみじめにしようという発想だ。

疫病神体質《やくびょうがみたいしつ》のため、これまで二十回引《ひ》っ越《こ》してきたから、たくさんの人を見てきたけれど、池菅くんみたいな性格《せいかく》がゆがんでいるタイプって、どこの学校にもいるものね。

あーぁ、やだやだ!

わたしが池菅くんにうんざりしていると、安土真《あづちまこと》は腹黒《はらぐろ》い笑みを浮《う》かべた。

「答えは、かんたんだ。おまえが過去《かこ》の失敗を学習せず、ぼくの目につく範囲《はんい》内で悪さをくり返しているからだ。ほかに質問《しつもん》は?」

安土真に冷静に切り返され、池菅くんは言い返す言葉が思い浮かばなかったのか、くやしそうに安土真をにらみつける。

その池菅くんの顔の不愉快《ふゆかい》さと言ったら！

見ているだけで、いやな気分になる。

それでも、安土真だけは、平然としていた。

「池菅。ぼくを悪者にして、自分はかわいそうな被害者《ひがいしゃ》を気取っているから教えてあげる。ぼくほど心優《こころやさ》しい人間はいないよ？　何しろ、ぼくが本当に悪者なら、おまえが不幸の手紙をばらまいた犯人《はんにん》だと、学校のネット掲示板《けいじばん》に書きこみして、いじめの対象にしていた」

池菅くんは性格がゆがんでいるけど、安土真は性格が悪い！

ん、待って？

性格が悪いから、性格がゆがんでいる池菅くんに対抗《たいこう》できるの？

かなりどうでもいいことにわたしが頭を使っていると、安土真が前髪《まえがみ》をかきあげた。

「でも、それをしないで、不幸の手紙をばらまいたおまえのばかげた悪事がばれないよう、回収《かいしゅう》しろとアドバイスしている。ようするに、悪事を隠《かく》す手伝いをしてやっているのに、おまえから責《せ》め立てられているぼくこそ、かわいそうな被害者《ひがいしゃ》だ。おまえみたいなやつをかばうなんて、すごくばかばかしいから、先生に言おうかな」

池菅《いけすが》くんは、くやしそうに涙《なみだ》ぐむ。

けれど、安土真《あづちまこと》に涙が通じないのを思い出したようだ。すぐに黙《だま》って下駄箱《げたばこ》から不幸の手紙を回収し始めた。

「これで、事件《じけん》は解決《かいけつ》だ」

安土真はほがらかに言いながら、池菅くんが手を休めようとすると、にらみつけて回収を急がせる。

「よかったぜ。さすが、名探偵《めいたんてい》！　また何かトラブったら頼《たの》むぜ！」

麩錬戸《ふれんど》くんは、日常《にちじょう》に、うぅん、学校に探偵《たんてい》がいることに、何も疑問《ぎもん》を抱《いだ》いていない！

そして、さわやかな笑顔で教室へと去っていった。

二組の男子生徒も、四組の女子生徒も、それに続く。

「渡辺《わたなべ》さん、疑《うたが》ってごめんね」

月井《つきい》さんと布津《ふつ》さんは、教室へ向かわずに、わたしへ謝《あやま》りに来る。つくづく、人間ができている。

「謝ることはないさ。これは、持ちもの検査《けんさ》を断《ことわ》って疑われる行動を取った渡辺《わたなべ》の責任《せきにん》だ」

なんでおまえがわたしの代わりに返事をするんだ、安土真！

まったく、本当に性格《せいかく》が悪いな、こいつは！

「ところで、ありあまる探偵の才能《さいのう》の持ち主であるぼくにも、わからない問題がある」

わたしが怒《おこ》っているのをよそに、安土真はクールな調子でわたしを見た。

「渡辺は犯人《はんにん》でもないのに、どうして持ちもの検査を断ったんだ？」

月井さんも布津さんも、不思議そうにわたしを見る。

ここは、思い切って正直に言った方が、事態《じたい》がこんがらからずにすみそうだ。

さあ、勇気を出せ、わたし！

わたしは、ポケットに手を入れた。

「手紙を持っていたからよ」

わたしの手紙は、池菅《いけすが》くんのばらまいた不幸の手紙とはちがって、茶封筒《ちゃぶうとう》ではない。

でも、クマがたくさん描《か》いてあるデザインのため、茶封筒とよく似《に》た色をしていた。

「明日の水曜日、学校が終わったあとにうちへ遊びに来てほしくて、招待状《しょうたいじょう》を書いたの。これは、月井《つきい》さん。こっちは、布津《ふつ》さん。ついでに、安土《あづち》くん」

わたしは、手紙を三人へ配った。

「ほかにも、伏見《ふしみ》さんと熊本《くまもと》くんへの手紙もあるの。でも、不幸の手紙が見つかった状《じょう》況《きょう》で、似たような封筒を持っていたら疑《うたが》われて、中身を確認《かくにん》するために封《ふう》を破《やぶ》かれるかもしれないでしょう？　それがいやだったの」

水曜日には、うちにお母さんがいない。

友だちをうちへ招待できる。

そんな楽しい手紙を、不幸の手紙とまちがえられるなんて、最悪！

だから、わたしは持ちもの検査《けんさ》を断《ことわ》ったのだ。

「いつも、月井さんと布津さんに親切にしてもらっていたのに、そっけなくてごめんね。でも、仲良くなったら、うちへ遊びに来てもらったりするでしょう？ だけど、引《ひ》っ越《こ》してきたばかりで、わたしのうち、荷物を入れていたダンボール箱があっちこっちにあって、すっごくちらかっていたから、はずかしくて……」

これは、うそ。

本当は、疫病神体質《やくびょうがみたいしつ》だから、トラブルに巻《ま》きこむ危険《きけん》があるので、これまで距離《きょり》を置いていた。でも、最近、疫病神に抵抗《ていこう》することでトラブルを減《へ》らせて勇気を持てたから、友だちになりたくてうちに招待したかった。

これが真実。

だけれど、正直に打ち明けたら、「えっ？ わたしたち、なんの話をきかされているの？」と、月井さんと布津さんがえらくコメントに困《こま》った顔になるのがかんたんに予想できた。

そこで、わたしは昨日の夜遅《おそ》くまで考えておいた言いわけを語ったのだった。

「そうだったんだ、渡辺《わたなべ》さん」

「わざわざ、招待状《しょうたいじょう》まで用意して誘《さそ》ってくれて、ありがとう！」

月井《つきい》さんと布津《ふつ》さんは、うその理由を信じてくれたし、喜んでくれた！

「へえ。月井と布津と久美穂《くみほ》だけ呼《よ》ぶ女子会かと思いきや、ぼくとウータンといった男子も招待してくれるのか。ぜひとも参加させてもらうよ」

意外にも、安土真《あづちまこと》はいやみ一つ言わず、参加表明する。

「おっはよー！　あぁら、さくらちゃんと安土も来ていたんだ？」

サイドポニーテールをなびかせて、伏見《ふしみ》さんが元気よく下駄箱《げたばこ》へやってくる。

彼女《かのじょ》の背後《はいご》を見れば、「ゴべべべべ！」と謎《なぞ》の奇声《きせい》を発しながら、熊本《くまもと》くんがハンドスプリングをやっているのが見えた。

疫病神体質《やくびょうがみたいしつ》のわたしが、友だちをうちへ招待する。

そんな空前絶後《くうぜんぜつご》の無謀《むぼう》な冒険《ぼうけん》をしたので、学校が大爆発《だいばくはつ》して人食い巨大昆虫《きょだいこんちゅう》が住んで

いる異世界《いせかい》へワープするような、未曽有《みぞう》のトラブルが起きるのではないか、ずっとハラハラしていた。

でも、大丈夫《だいじょうぶ》。

何もかも、今までと変わらない、朝の光景だ。

勇気を出して、よかった！

第二章 バートラム・ハイツにて

「さくらちゃん、今日はおうちに招待《しょうたい》してくれてありがとう！」

「渡辺《わたなべ》さん、おじゃましまーす！」

「マンションに住んでいる友だちの家に来るのは初めてだから、ワクワクする！」

待ちに待った水曜日。

わたしの放課後は、人生で初めてというくらい、まばゆく光り輝《かがや》いていた。

何しろ、友だちをうちに招待できたのだ！

こんなにうれしいことはない！

「いらっしゃい。みんな、今日は来てくれてありがとう！」

わたしは、伏見《ふしみ》さんと月井《つきい》さんと布津《ふつ》さんに家にあがってもらう。

この日のために、お母さんが信仰《しんこう》しているパルゲニョ会のよくわからない祭壇《さいだん》に大きな布《ぬの》をかけて、いかにもまだ引《ひ》っ越《こ》しを終えたのに片《かた》づけきれていない荷物のように見せかけておいてよかった！

それに、うち中のうさんくさい物を、お母さんが祈祷室《きとうしつ》とか名前をつけている部屋に全部しまっておいてえらいぞ、わたし！

そして、祈祷室にはピッキングとは逆《ぎゃく》の技術《ぎじゅつ》の応用《おうよう》で鍵《かぎ》をかけておいたから、遊びに来たみんながうっかり入って心に深いトラウマが刻《きざ》みこまれる心配もない！

三人をダイニングのソファーセットのところへ案内したところで、またインターホンが鳴る。

うちのマンションは、エントランスホールの自動ドアの呼《よ》び出しと、部屋の前のインターホンのどちらかのスイッチを押《お》すと、インターホンが鳴るようになっている。

インターホンの画面が映《うつ》し出されていないから、部屋の前のインターホンが押されて、玄関《げんかん》の前に来ているのがわかる。

「はい、どちらさま？」

わたしは、インターホン越《ご》しに呼びかける。

「熊本歌樹《くまもとうたき》！　渡辺さくらの友だちです！」

友だちの家に行くときはお行儀《ぎょうぎ》よくしろと、家の人にしつけられたのだろう。熊本くんは、珍《めずら》しくちゃんとした口をきいていた。

「わかった。今、開けるね」

わたしがドアを開けると、熊本《くまもと》くんは大きな白い紙の箱を両手で抱《かか》えていた。

「ばあやが、友だちの家に遊びに行くならみんなで食べてほしいって、ケーキっぽいのをつくってくれたんだ！　食おうぜ！」

「ありがとう、熊本くん」

でも「ケーキっぽいの」って、何……？

わたしが熊本くんから箱を受け取ったところで、またインターホンが鳴った。

急いで箱を台所へ運んでから、わたしはインターホンに出る。

今回も、玄関《げんかん》前のインターホンが鳴ったらしく、画面が映《うつ》し出されていなかった。

「さくらさんの友だちの安土《あづち》です」

全身タイツレベルの猫《ねこ》をかぶった安土真《あづちまこと》の声が、インターホンのスピーカーから聞こえてくる。

「わかった。今、出るね」

わたしは、ドアを開ける。

そして、しばらく頭の中が真っ白になった。

頭には、黒い縁《ふち》取《ど》りのある、白いシルクハットのヘッドドレス。

首には、白い蝶《ちょう》ネクタイのついた、黒いベルトチョーカー。

白いジャケットの下には、黒いシャツ。そして、長ズボンは白と黒のストライプ。

くつは、右が黒で、左が白。

安土真、どこでそんな服を買った……というより何より、よくその格好《かっこう》で外を歩いてきたな！

「真《まこと》、パーティーに出席《しゅっせき》するみたいな格好《かっこう》をしているな！　どうしたんだよ？」

熊本くんは、これまでの人生、どんなパーティーに出席してきたのかききたくなる発言をする。

「学校で着ていた服が汗《あせ》で湿《しめ》って気持ち悪いから、ほかの服に着替《きが》えてきたんだよ」

意外とありがちな理由だ。

服は、ちっとも、ありがちではないけどね！

「そ、そう。もうみんな来ているから、安土《あづち》くんも熊本《くまもと》くんもソファーで待っていて。飲みものを用意してから、熊本くんのばあやさんがくれたお菓子《かし》を切り分けるね」

わたしは、安土真《あづちまこと》を玄関《げんかん》にあげながら言う。

「あれ？　渡辺《わたなべ》が全部一人でやっているということは、保護者《ほごしゃ》さんはいないの？」

さすがありあまる探偵《たんてい》の才能《さいのう》の持ち主らしく、安土真はめざとい。

「ええ。今日は両親が留守《るす》なの。でも、安心して。こう見えて、紅茶《こうちゃ》をいれるのは得意だから」

まさか正直に「お母さんはうさんくさい宗教団体《しゅうきょうだんたい》の集会に出かけて留守」とは言えないので、わたしは必要最低限《さいていげん》の情報《じょうほう》を与《あた》え、安土真にあれこれ詮索《せんさく》されないようにする。

「あはははは！　安土、どうしたの、その格好《かっこう》。やけにおしゃれじゃなぁい！」

ダイニングへ安土真たちを連れてきたとたん、伏見《ふしみ》さんが笑いながら、わたしの心の声を代わりに言ってくれた。ありがとう。

「わあ、安土《あづち》くん。かっこいい！」

「スタイリッシュだね！」

月井《つきい》さんと布津《ふつ》さんは、おせじではなく、心の底から安土真《あづちまこと》の奇抜《きばつ》な服装《ふくそう》をほめる。

二人とも天使なの？

それから、わたしは台所へ行くと、あらかじめつくっておいた水出しアイスティーを冷蔵庫《れいぞうこ》から出して、人数分のグラスへアイスティーを注ぎ入れる。それから、ミルクピッチャーとレモンのしぼり汁《じる》の入ったピッチャーもトレイにのせ、いっぺんにみんなのもとへ運ぶ。

ついでに、すぐおかわりできるよう、アイスティーの入った容器《ようき》も、ソファーの中央にあるテーブルの上に置いていく。

「わあ、すごい！　ピッチャー付きだなんて、まるでカフェみたいじゃなぁい！」

伏見《ふしみ》さんのはしゃぐ声にエネルギーをもらい、わたしは再《ふたた》び台所へ戻《もど》ると、熊本《くまもと》くんが持ってきた箱をおそるおそる開ける。

何せ、「ケーキっぽいの」という、とてつもなく謎《なぞ》めいたお菓子《かし》だ。

うまく人数分に切り分けられるかどうか、ハラハラするしかない。

箱の中から出てきたのは、黒いクッキー生地《きじ》を土台にした、青と透明《とうめい》のゼリーと白いレアチーズの四色のハーモニーが美しい、二層《そう》ババロアとレアチーズケーキのハーフだった。

そして、こんなメモが添《そ》えられていた。

【食品の青い色は、ハーブのバタフライピーを使っているので、体に悪くありません】

【ゼリー部分は寒天《かんてん》を、レアチーズ部分はヨーグルトを使っているので、カロリーは高くありません】

【土台部分はチョコクッキーを使っているので、牛乳《ぎゅうにゅう》・小麦粉《こむぎこ》アレルギーのお子さんには危険《きけん》です】

熊本くんのばあやさん、なんてお気づかいさんなんだろう！

わたしも、大人になったら、こういう行き届《とど》いた気づかいができるすてきな人になりたいものだ。

ひととおり感動してから、わたしはケーキを人数分切り分けようとして、気づいた。

わたしも入れて、人数は六人。

丸いケーキを六等分って、どうやって切ればいいの!?

わたしは、棚《たな》からクッキングシートを取り出して丸く切ると、六等分になる切り方を何度か実験。ようやく三枚目《まいめ》のクッキングシートで、六等分になる切り方を突《つ》き止めてピンチを切り抜《ぬ》けると、何食わぬ顔でダイニングにいるみんなへ六等分に切り分けたケーキを運んだ。

「お待たせ。熊本《くまもと》くんが持ってきてくれたケーキだよ」

ソファーに腰《こし》かけていたみんなは、何かの話で盛《も》りあがっていたけれど、ケーキを見るといっせいに顔を輝《かがや》かせた。

そりゃそうだ。熊本くんのばあやさん、すごく料理が上手《じょうず》だもの!

よその家のお手伝いさんだけど、わたしはばあやさんのケーキがみんなを喜ばせたことが誇《ほこ》らしかった。

みんなの中にアレルギーを持っている人がいないのは知っているので、わたしはなんの心配もなくみんなの前にケーキを配る。

「ところで、みんなでなんの話で盛《も》りあがっていたの？」

仲間はずれにされる心配もないので、わたしは空《あ》いている伏見《ふしみ》さんのとなりの席《せき》に座《すわ》ると、気楽にたずねる。

「さくらちゃんのマンションがオートロックでおもしろいから、ホテルみたいなのか秘《ひ》密基地《みつきち》みたいなのかで盛りあがっていたの！　ちなみに、あたしと月井《つきい》さんと布津《ふつ》さんはホテル派《は》で、ウータンと安土《あづち》は秘密基地派ね！」

伏見さんが、拳《こぶし》を握《にぎ》りしめながら答える。

「部屋番号の数字を押《お》してドアを開けてもらうのは、秘密基地みたいだろう？」

「そうだぜ！　男のロマンだ！」

安土真《あづちまこと》と熊本《くまもと》くんは、すかさず秘密基地っぽさを主張《しゅちょう》する。

「でも、通路にカーペットが敷《し》かれているのと、自動ドアとエレベーターがあるのはホテルっぽいよね」

「そうそう。うち、一軒家《いっけんや》だから両方ともないもん」

布津さんがうらやましそうにつぶやく。

マンションに住んでいない子って、そういうところをおもしろがるものなんだ……。

「あたしのうちは一軒家だけど、ビルみたいな形しているよ。一階と二階が美容院《びよういん》で三階が家なの」

そういえば、伏見さんは家が美容院だった。

「おれも、生まれたときからずっと同じ家だぜ」

熊本くんは、うらやましそうにわたしに言うけれど、わたしは熊本くんの家の方がうらやましい。

すると、月井さんが急に顔を曇《くも》らせた。

「わたしも生まれたときから同じ家だけど、最近うちのとなりのアパート……バートラム・ハイツっていうんだけど、そこに引《ひ》っ越《こ》してきた男の人が不気味で怖《こわ》いの」

「不気味な男の人？　変質者《へんしつしゃ》とか？」

布津《ふつ》さんが心配そうにきく。

布津さんだけじゃない。伏見《ふしみ》さんも、熊本《くまもと》くんも心配そうな顔だ。

最近引っ越してきたということは、どう考えても、わたしがこの町に引っ越してきて、月井《つきい》さんと知り合ってからだ。

わたしについている疫病神《やくびょうがみ》が、月井さんへ引き寄《よ》せたトラブルかも……。

「バートラム・ハイツか。まるでホテルみたいな名前のアパートだね。それはさておき、トラブルのにおいがプンプンする。よかったら、話してよ。ありあまる探偵《たんてい》の才能《さいのう》の持ち主であるぼくなら、解決《かいけつ》できる」

安土真《あづちまこと》だけが、やけに生き生きとしてくる。まったくもう……。

「本当？　だったら、助かる。あのね、安土くんも知っていると思うけど、最近七草町《ななくさまち》を地球環境《かんきょう》に優《やさ》しいSDGs《エスディージーズ》な町にしようっていう『七草町エコタウン化計画』が出ているでしょう？」

「うん。今度の町長選で、エコタウン化賛成派《さんせいは》の現役《げんえき》町長と反対派の新人の一騎打《いっきう》ちになるって、町役場に勤《つと》めているおじいちゃんからきいたことがある」

安土真、おじいちゃんがいたんだ？

てっきり、世界のどこかにある悪の組織《そしき》の工場で生産・出荷されてきた、悪魔《あくま》の申し子だとばかり思っていた。

「SDGsって、最近よくきくけどよぉ。いったい、なんなんだ？　それが、どう『七草町エコタウン化計画』とつながってくるんだ？」

熊本くんが、ケーキをほおばりながら質問《しつもん》してくる。

「Sustainable《サステイナブル》 Development《デベロップメント》 Goals《ゴールズ》、日本語でいうと『持続可能《じぞくかのう》な開発目標』のことだ。英単語の頭文字《かしらもじ》と、最後の文字を並《なら》べて、SDGs。

かんたんにいえば、環境や教育、戦争とかさまざまな角度から地球と社会を守るために、国連《こくれん》って組織《そしき》が二〇一五年に決めた、人類みんなが取り組むべき十七個《こ》の目標のことさ。海や陸の自然環境《かんきょう》を守るのもその十七個の目標の一つに含《ふく》まれているから、自然環境に優《やさ》しい町づくりをめざそうってのが、『七草町《ななくさまち》エコタウン化計画』ってわけだ」

安土真《あづちまこと》は、きっちりと説明をする。

「へえ、そうなのか。なんで日本語にしてくれねえんだろう？　わかりにくいったらありゃしねえ」

外見至上主義《ルッキズム》のときといい、熊本《くまもと》くんはカタカナの言葉が苦手《にがて》らしい。軽く眉間《みけん》と鼻にしわを寄《よ》せる。

「そーお、ウータン？　あたしはぼんやりとだけど、そういう意味のことを言っているんだってわかるけどな」

「ぼんやりじゃ、完全にわかったって気がしなくて気持ち悪いじゃねえか」

伏見《ふしみ》さんの言葉に、熊本くんがげんなりした顔で反発する。

「ウータンの意見も、もっともだ。わかる人、わからない人、わかった気になる人と、理解《りかい》に差が出ては、せっかくのいい目標も台無しだ。かといって、直訳《ちょくやく》した『持続可能《じぞくかのう》な開発目標』だと長いし……いっそ近い意味で『質素倹約《しっそけんやく》』『質実剛健《しつじつごうけん》』にしてみようか」

「近くなったような、かえって遠ざかったような……」

布津《ふつ》さんが、遠慮《えんりょ》がちにツッコミを入れる。やっぱり優しいな、布津さん。

「まあ、いいさ。本題は月井《つきい》の話の方だからね。ごめんな、月井。話がだいぶ脱線《だっせん》してしまった」

安土真が軽く頭を下げると、月井さんは気を悪くした様子も見せず、首を横にふる。

「うぅん、いいの。それでね。エコタウン化賛成派《さんせいは》と反対派の人たちが、『町長選挙のときには賛成派の町長に投票しろ』とか『反対派の新人に投票しろ』って、それぞれうちに押《お》しかけてきて、すごく迷惑《めいわく》なの」

月井さんは、そのときのやりとりを思い出したのか、げっそりとやつれた表情《ひょうじょう》になる。

「選挙の自由は個人《こじん》の権利《けんり》だから、誰《だれ》かに命令されて決めるものではないんじゃないかなぁい？　なのに、どうして賛成派の人も反対派の人も、月井さんの家に押しかけるの？」

伏見《ふしみ》さんが、あごにしわを寄《よ》せて考えこむ。

「久美穂《くみほ》の言うことは、正しい。でも、世の中、正しい人間だけではないからね。自分たちが得するなら、他人の権利《けんり》を平気で踏《ふ》みにじるばかが少なからず存在《そんざい》するんだ。月《つき》井《い》、他人の家を訪《たず》ねて選挙《せんきょ》での投票をお願《ねが》いすることは公職選挙法《こうしょくせんきょほう》で禁止《きんし》されている戸《こ》別訪問《べつほうもん》にあたるから、警察《けいさつ》に通報《つうほう》してさっさと逮捕《たいほ》してもらった方がいい」

伏見さんへ説明してから、安土《あづち》は月井さんへ話しかける。

月井さんは、それでもまだ顔を曇《くも》らせたままだった。

「うん。だけど、本当の問題はここからなの。賛成派《さんせいは》か反対派か、うちの考えがはっきりしてないからいけないいんだって、両方の人たちに逆《ぎゃく》ギレされちゃって――」

「――環境《かんきょう》に優《やさ》しいSDGs《エスディージーズ》な町づくりって、いいことなんだよな？　だったら、エコタウン賛成派になるって言えばいいんじゃねえか？」

熊本《くまもと》くんは、ケーキをほおばったまま首をかしげる。

すると、安土真《あづちまこと》が大げさにため息をついてみせた。

「環境に優しい町をつくり出すのは、確《たし》かにいいことだ。だけど、環境を守るとか言いながらも、実際《じっさい》には環境に優しいことをしていない場合もあるんだよ」

「そうなの？」

思いがけない安土真の発言に、わたしは思わずきき返す。

「そうだとも。たとえば、『七草町《ななくさまち》エコタウン化計画』の中心になっている、メガソーラーパネルによる太陽光発電エリアと洋上風力発電エリアの建設《けんせつ》。ちょっときいただけならクリーンエネルギーがつくれて環境に優しいと思うだろう？」

「ちがうの？」

布津《ふつ》さんが、身を乗り出す。

「それがちがうんだな。まず、太陽光発電エリアの建設予定地であるアサガオビーチそばの丘陵《きゅうりょう》地帯《ちたい》は、七草町で数少ない自然林が残っている場所なんだ。もしも自然林を伐《ばっ》採《さい》してメガソーラーパネルを建設すれば、今までそこにすんでいたあらゆる種類の生物も、そこを滞在先《たいざいさき》にしている渡《わた》り鳥《どり》たちも、すめなくなってしまう。あっというまに絶《ぜっ》滅危惧種《めつきぐしゅ》が増《ふ》えて、生物の多様性《たようせい》が台無し。生物の多様性が失われれば、自然環境《かんきょう》は悪化してしまうんだ。ちっとも環境に優《やさ》しくない」

「……はっきり言って、ただの環境破壊《はかい》だね」

「環境に優しい」というキャッチコピーのおかげで、今までよく考えていなかったけれど、こうして話をきいてみると、人間の都合《つごう》で自然を破壊していることには変わりがない。わたしはいやな気分になる。

「同じことは、洋上風力発電エリア建設《けんせつ》予定地でも言える。アサガオビーチ前の海に巨《きょ》大《だい》な風力発電用の風車を建《た》てる工事のために、たくさんの機械《きかい》が海に入ってきたら、あそこだけに生息しているナナクサタツノオトシゴが絶滅《ぜつめつ》する。ナナクサタツノオトシゴって知っている？　体長三センチしかなくて小さいけれど、体の縦《たて》半分が白で、もう半分が黒という、とっても美しい外見をしているんだ。ぼくは幼稚園《ようちえん》のときに海へ行ってナナクサタツノオトシゴを見たけど、自然界にあんなに美しい生きものがいるとは思わず、衝撃《しょうげき》を受けたよ」

環境問題から、いつのまにか安土真《あづちまこと》はナナクサタツノオトシゴへの愛を語り始める。

まさか、いつもの白黒半分の変な服って、ナナクサタツノオトシゴへの愛の証《あかし》なの？

「安土くんの言うとおり、『七草町《ななくさまち》エコタウン化計画』の内容《ないよう》って、いい面もあれば悪い面もあるから、パパもママも賛成《さんせい》とも反対とも決めかねているの」

月井《つきい》さんは、まだナナクサタツノオトシゴについて語る安土真を軽くスルーし、話を進める。強い。

「それで、賛成派《さんせいは》と反対派の人たちに逆《ぎゃく》ギレされてから数日後、最初に話した不気味な男の人がうちのとなりのバートラム・ハイツに引《ひ》っ越《こ》してきたの。きっと、賛成派か反対派の人たちがいやがらせ目的で、ああいう不気味な人をうちのとなりに住まわせたんだって、パパもママも気味悪がってた」

月井さんは、そこまで一気に話すと身震《みぶる》いする。

このころには、ナナクサタツノオトシゴへの愛を語り終えてすっきりした様子の安土真が、まじめに話に耳を傾《かたむ》けていた。

「さっきから不気味な男の人と言っているけれど、具体的にどう不気味なんだい？」

「そうだよな。不気味と言っても、顔が不気味なだけなら、すげー失礼な話だぜ？」

熊本《くまもと》くんは、またもケーキをほおばりながら、話に加わる。

「バートラム・ハイツとうちは、ゴミ捨《す》て場《ば》が一緒《いっしょ》なんだけどね。その男の人が出したゴミが、ある日カラスに荒《あ》らされたのよ。そうしたら……」

よっぽど衝撃的《しょうげきてき》なことを思い出したみたい。月井《つきい》さんは、そこでつばを飲みこむ。

「……鳥の生首《なまくび》がたくさん出てきたの」

これは、かなり怖《こわ》い……。

わたしも、三年生のとき、集団《しゅうだん》登校中にいじめっ子たちからランドセルの中にハトの生首を入れられたことがあったので、よくわかる。

でも、そのあといじめっ子たちは一人残らずゴルフボールサイズの雹《ひょう》が当たって入院し、二度とわたしにいやがらせをしなくなってきたから、まだいい。でも、月井さんの方は、男の人が近所に住んでいるのだから、現在《げんざい》進行形でもっと怖い思いをしている。

「しかも、ベランダにはいつもシートをかけて家の中が見えないようにしてあるの」

「それ、家の中で動物虐待《ぎゃくたい》している可能性《かのうせい》があるじゃなぁい！」

「怖っ！」

伏見《ふしみ》さんと布津《ふつ》さんが、ソファーの背《せ》もたれに体を押《お》しつけながら、おびえる。

「やっぱり、そう思う？　ときどき、その人の部屋から奇妙《きみょう》な鳴き声がきこえてくるの。しかも、その人は一階の部屋に住んでいるから、小さいけれど庭があるんだけどね。この前、うちの庭からとなりの庭を何気なく見たら、水の入ったバケツの中に、たぶんネズミだと思うけど、赤ちゃんネズミの死体が入っていたの！　パパもママもすごく怖がっていたの……」

「それ、絶対《ぜったい》に動物虐待犯《はん》だろ！」

熊本くんは、思いきり鼻にしわを寄《よ》せて顔をしかめる。

月井さんは熊本くんには答えず、安土真《あづちまこと》の方を向いた。

「ねえ、安土くん。賛成派《さんせいは》と反対派のどちらの人が、うちの近所に動物虐待犯を住まわ

せていると思う？　パパもママも、警察《けいさつ》に相談《そうだん》するかどうか、すごく悩《なや》んでいるの」

そういえば、動物虐待《ぎゃくたい》の話のインパクトが強烈《きょうれつ》すぎて、ついうっかり忘《わす》れていたけれど、月井《つきい》さんの悩みは、これが本命だった。

でも、今の話だけで、賛成派《さんせいは》と反対派のどちらが、バートラム・ハイツに、動物虐待犯《はん》を住まわせるいやがらせをしたかだなんて、さっぱりわからない。

「安心しな、月井。謎《なぞ》はすべて解《と》けた。おまえも家族も、何も心配する必要ないよ」

安土真《あづちまこと》は、前髪《まえがみ》をかきあげながら、自信たっぷりにソファーの背《せ》もたれに体を預《あず》けて足を組んで見せた。

ここで、問題です！
バートラム・ハイツの住民である男の人の情報《じょうほう》をほとんどきいていないのに、どうして安土真は謎をすべて解けたのでしょう？

世界的な映画賞《えいがしょう》の発表会のステージにいる、ゴージャスなドレスを着て司会している自分の姿《すがた》が、はっきりと頭の中に浮《う》かぶ。

どうして、安土真《あづちまこと》の謎解《なぞと》きができたとわかったとたん、わたしの想像力《そうぞうりょく》は勝手に突《つ》き進むんだろう……？

「本当？　じゃあ、賛成派《さんせいは》と反対派のどちらが犯人《はんにん》なの？」

月井《つきい》さんは、すがりつくようなまなざしで安土真を見る。

かぐや姫《ひめ》のような美少女なので、とても絵になる。

これで、安土真がもう少しまともな服装《ふくそう》だったら、さらに絵になったのに。

「そもそも、それがかんちがいのもとだったのさ、月井。賛成派と反対派は、男の人とおそらくなんの関係もないよ。ただ、『七草町《ななくさまち》エコタウン化計画』で揺《ゆ》れているタイミングでバートラム・ハイツに引《ひ》っ越《こ》してきた、ただの一般人《いっぱんじん》だよ」

「ただの一般人が、鳥の首チョンパしたり、赤ちゃんネズミをバケツの水に入れて溺《おぼ》れ死《じ》にさせたりするのかよ！」

熊本《くまもと》くんが、ケーキを食べるのも忘《わす》れ、ツッコミを入れる。

「もちろんさ。そして、ベランダにはいつもシートがかけられていることと、部屋から奇妙《きみょう》な鳴き声がきこえることで、ぼくは男の人が動物虐待犯《ぎゃくたいはん》でもなければ、変質者《へんしつしゃ》でもない、ただの一般の人だと確信《かくしん》したんだ」

「確信できる要素《ようそ》、どこ？」

「渡辺《わたなべ》さんの言うとおりだよ！　菜美《なみ》だってそう言いたげな顔だよ？」

布津《ふっ》さんが、安土真へかみつくように身を乗り出す。

こんなときになんだけど、わたしの意見に共感しながらおしゃべりする人がいるって状況《じょうきょう》、新鮮《しんせん》だなぁ……。

しみじみ感動していると、安土真がのどをなでてもらった猫《ねこ》のような顔をした。

「これは、さっきの環境《かんきょう》に優《やさ》しいSDGs《エスディージーズ》な町づくりと同じ理屈《りくつ》の話さ。ある一つの面だけで物事を見ていると、真実にたどり着けない」

そう言うと、安土真は立ちあがった。

「この中で、ペットを飼《か》っている人、どんな種類か言ってみてくれないか？」

片手《かたて》を顔の前で小さく挙《あ》げながら、安土真《あづちまこと》は返事を求めるようにわたしたちを見渡《みわた》す。

「おれ、犬を飼っているぜ！」

「あたしは美容院《びよういん》の方で金魚を飼ってる！　名前は、デメ吉《きち》と姫《ひめ》ちゃん！」

「わたしの家では、猫《ねこ》を飼っているよ」

「わたしも、菜美《なみ》と一緒《いっしょ》。猫を飼ってる。名前は、正太郎《しょうたろう》」

わたし以外は、みんなうれしそうにペットの種類を答える。

わたしも、両親の反対や疫病神体質《やくびょうがみたいしつ》が原因《げんいん》の引《ひ》っ越《こ》しがたくさんなければ、ペットを飼ってみたい。

でも、だめ。

引っ越しがたくさんなくても、わたしみたいな疫病神体質の人間に飼われたら、ペットがかわいそう。

自分を満足させるために、相手の苦しみに目をつぶるなんてこと、わたしはしたくない。

「では、次に質問《しつもん》だ。自分のペット以外の生きものの飼い方を本やネットで調べたことはある？」

二つ目の質問に、みんなは顔を見合わせる。

「久美穂《くみほ》、あるか？」

「うーん……自分のペット以外の生きものの飼い方って、飼う予定もないのに調べないなぁ」

熊本《くまもと》くんにきかれ、伏見《ふしみ》さんは考え考え答える。

「わたしも」

「うん。調べたことない」

「へ、そういうものなの？」

月井《つきい》さんと布津《ふつ》さんまで同じ答えだったので、わたしは意外でたまらなかった。

「案外、ペットを飼っている人は自分の飼っている生きもの以外の飼い方まで、調べないことが多いんだよ。特に、一種類の生きものしか飼《か》っていない人はね」

安土真《あづちまこと》は、前髪《まえがみ》をかきあげる。

「でも、ぼくはありあまる探偵《たんてい》の才能《さいのう》の持ち主だから、常《つね》にいろいろな方面に興味《きょうみ》を向けて、知識《ちしき》を吸収《きゅうしゅう》している。もちろん、ありとあらゆる生きものの飼い方の知識もね」

そういえば、安土真は、前に犬の体に毒《どく》になる食べものについて説明していた。

あれも、探偵の才能の一つだったんだ。

「だから、バートラム・ハイツの男の人の正体が、すぐにわかった。彼《かれ》は、フクロウかタカといった鳥の仲間の一種である猛《もう》きん類《るい》を飼っているだけの一般人《いっぱんじん》だってね」

安土真の推理《すいり》の結果に、わたしたちは一瞬理解《いっしゅんりかい》が追いつかなかった。

月井《つきい》さんの話のどこをどうきいたら、そんな結論《けつろん》が出るのか、さっぱりわからなかったせいだ。

「なんで猛きん類を飼っていると言い切れるんだよ？　ヘビとかトカゲとか、ほかの生きものを飼っている人かもしれないじゃねえか」

熊本《くまもと》くんは、腕《うで》を組んで首をかしげる。

「バートラム・ハイツのベランダには、いつもシートがかけられているし、奇妙《きみょう》な鳴き声がきこえるとの話だったよね？ そのシートは、家の中で飼っている猛きん類が窓《まど》から外へ飛んでいって迷子《まいご》になるのを防《ふせ》ぐためにかけられているんだ。そして、ヘビやトカゲで家の外にまできこえるほどの鳴き声を出す種類は、ペットとしてめったにいない。だから、ヘビやトカゲを飼っていないと断言《だんげん》できるんだ」

確《たし》かに、ヘビやトカゲが家から出ないようにするため、ベランダにシートをかけても無意味だ。空に自由に飛び立てるフクロウかタカのような猛きん類なら、シートにさえぎられて家から出られなくなる。

おまけに、ヘビやトカゲが鳴かないとわかれば、鳴き声を出す猛きん類の方が、可能《かのう》性《せい》が高くなるってわけか。

「猛きん類を飼っている人って、たくさんの鳥の首を切り落とす虐待《ぎゃくたい》をするの？」

「赤ちゃんネズミを水に沈《しず》めて殺す虐待《ぎゃくたい》もするもんなの？」

月井《つきい》さんと布津《ふつ》さんが、もっともな疑問《ぎもん》を述《の》べる。

「それは、君たちが猛《もう》きん類《るい》の飼《か》い方を知っていれば、虐待でもなんでもないとわかる行動だよ。それどころか、飼い主としてりっぱな行為《こうい》だ。何しろ、猛きん類のエサを手づくりしているんだからね」

安土真《あづちまこと》の発言に、熊本《くまもと》くんがソファーの上でのけぞった。

「ドヘエェー！　フクロウやタカって、鳥や赤ちゃんネズミをエサにするのかよ！　かっこいいタカならなんとなくわかるけど、かわいらしいフクロウが鳥や赤ちゃんネズミをエサにするなんて、イメージがわかねえ！」

わたしも、熊本くんと同じ意見だ。

丸くてフワフワしてかわいいフクロウが、鳥や赤ちゃんネズミを食べるなんて……。

「フクロウもタカも同じ猛きん類だからね。当然、エサも同じようなものを食べるんだ。たいていは、ウズラやヒヨコだね。でも、小型のフクロウは、エサ用のコオロギやゴキブリといった昆虫《こんちゅう》を食べるから、月井のとなりに住んでいる男の人が飼っている猛きん類が、もしもフクロウなら、サイズは大型だろうね」

「エサからフクロウのサイズを推理《すいり》するのはいいけど、エサの具体的な話はやめて！」

月井さんが、激《はげ》しく身震《みぶる》いする。よく見たら、腕《うで》にはたくさん鳥肌《とりはだ》が立っていた。

「わかった。では、話を戻《もど》すよ。ウズラやヒヨコは、ペットショップに冷凍《れいとう》で売られていて、猛きん類に食べやすいように解体《かいたい》して、食べさせてあげるんだ」

「解体？　だから、鳥の生首《なまくび》がゴミ袋《ぶくろ》にたくさん入っていたのね？」

具体的にその光景を想像《そうぞう》したくないけど、わたしは鳥の生首がゴミ袋に入っていた理由が理解《りかい》できた。

「じゃあ、赤ちゃんネズミたちが殺されていたのも、フクロウやタカのエサにするため？」

伏見《ふしみ》さんが、気味悪がりながらも安土真にきく。

「それはちょっとちがうな。赤ちゃんネズミも、ペットショップにエサとして冷凍《れいとう》で売られているんだ。でも、冷凍されたままだと、猛《もう》きん類《るい》はうまく食べられない。そこで、水に入れて赤ちゃんネズミをゆっくり解凍《かいとう》するんだ。つまり、月井《つきい》たちが見たのは、となりの男の人が、赤ちゃんネズミを殺しているところではない。バケツの水で解凍しているところだったんだ」

安土真《あづちまこと》は、ソファーに腰《こし》を下ろした。

「すると、全部うちの家族の誤解《ごかい》だったってこと？　めちゃくちゃはずかしい……」

月井さんは、両手で顔を隠《かく》す。

「なあ、真《まこと》。月井の家のおとなりさんの正体ってよぉ。おまえみたいに猛きん類の飼《か》い方を知っているやつにしてみれば、トラブルでも事件《じけん》でもなんでもなかったってことか？」

熊本《くまもと》くんが、珍《めずら》しく鋭《するど》い指摘《してき》をする。

「そういうこと。思いこみで物事を決めつけて見たせいで、なんでもないことをトラブルや事件にしかけてしまったんだ。探偵《たんてい》として、トラブルや事件を未然に防《ふせ》げて、本当によかった」

そう言って、安土真はフォークに刺《さ》したケーキを口へ運ぶ。

「そうだよな。思いこみとかんちがいで、ただフクロウだかタカを飼っているだけなのに、動物虐待犯《ぎゃくたいはん》とまちがえられちまうなんて迷惑《めいわく》だよな」

熊本くんは、アイスティーを飲みながら神妙《しんみょう》な顔をする。

「そうだね。一歩まちがえたら、何も悪さをしていない人を犯罪者扱《はんざいしゃあつか》いした、月井の家族の方が犯罪者になるところだった」

熊本くんのコメントに対する安土真の返事に、月井さんは驚《おどろ》いて顔をあげた。

「うちの家族の方が犯罪者？　どうして？　かんちがいしただけなのに！」

「でも、ぼくの推理《すいり》をきかなかったら、月井の家族はどうしていた？　動物虐待犯でもなければ、『七草町《ななくさまち》エコタウン化計画』の賛成派《さんせいは》か反対派に送りこまれた変質者《へんしつしゃ》でもない人を犯罪者として、警察《けいさつ》に相談《そうだん》していたんだろう？　それ、男の人の立場でこれまでの出来事をふり返ってみれば、とんだ言いがかりだよね？　『かんちがいしただけ』で、すまされる話じゃない」

まだ納得《なっとく》いかない顔の月井《つきい》さんに、安土真《あづちまこと》は容赦《ようしゃ》ない。

「男の人の立場で、これまでの出来事をふり返る？　えっと、まずかわいいペットのフクロウだかタカを連れて、新しい町の新しいおうちに引《ひ》っ越《こ》してくる。ペットのために、気味悪いのをこらえて、がんばってウズラやヒヨコを解体《かいたい》して、エサをあげる。それと、赤ちゃんネズミも食べやすいように解凍《かいとう》してあげる。ペットが家から飛び出して迷子《まいご》にならないように、ベランダにシートをかけておく。そうやって、ペットと楽しく暮《く》らしていたら、ある日突然《とつぜん》、動物虐待《ぎゃくたい》の疑《うたが》いがあると通報《つうほう》されて、おまわりさんが家にやってくる……。これは、なんとも気《き》の毒《どく》な話になっちゃうじゃなぁい」

伏見《ふしみ》さんは、早口で一気に言ったけれど、歯切れよくしゃべったので、わたしたちはちゃんときき取れた。

おかげで、今までトラブルを抱《かか》えて気の毒だと思っていた月井さんとそのご両親が、とても危《あぶ》ない思いこみとかんちがいで、何も悪くない人を犯罪者呼《はんざいしゃよ》ばわりしていた人たちだと気がつけた。

「そういうこと。だから、もしも月井の両親が警察《けいさつ》に相談《そうだん》して男の人が取り調べられることになっていたら、月井の一家が男の人から名誉棄損《めいよきそん》だと訴《うった》えられてトラブルになっていたかもしれなかったってわけ」

「……今すぐ、パパとママに今の話を連絡《れんらく》して、警察に相談する必要はないって説明してくる」

月井さんも、わたしと同じことに気づいたらしく、ポケットからスマホを取り出すとすぐに文字を打ち始める。

「思いこみとかんちがいって、怖《こわ》いね」

伏見さんが言うと、布津《ふっ》さんが大きくうなずいた。

「そうだね。わたしも、ちょっとやだなって思うことがあったけど、自分の思いこみとかんちがいかもしれないって、考え直したよ」

わたしは、このとき、安土真の目がキラリと光るのを見逃《みのが》さなかった。

「布津《ふっ》も何かトラブルを抱《かか》えているのかい？　よかったら、教えてよ。また解決《かいけつ》できるかもしれないからね！」

安土真《あづちまこと》め。

また謎解《なぞと》きができるからって、なんて生き生きとしているんだ！

少しは、自分の探偵《たんてい》の才能《さいのう》を見せつけるためではなく、悩《なや》んでいる人を救うために謎解きをしなさいってば！

でも、安土真の性格《せいかく》の悪さを直すなんて、時間を逆流《ぎゃくりゅう》させるのと同じくらい不可能《ふかのう》そうだ。

ここは、みんなに飲みもののおかわりと、わたしが用意していたお菓子《かし》を出そう。

わたしは、布津さんが話し始めたところで、そっと台所へと向かった。

第三章

なぜ交番に頼《たの》まなかったのか？

わたしは、もともとみんなに食べてもらうために買っておいた、お菓子《かし》のバラエティパックを器にあける。

チョコもせんべいもゼリーも、どれも個別《こべつ》パック包装《ほうそう》してあるから、手が汚《よご》れる心配はない。

飲みものは、どのお菓子の味でも合う麦茶でいいか。

わたしは、冷蔵庫《れいぞうこ》から二リットルの麦茶のペットボトルを出し、またダイニングへ戻《もど》った。

そこでは、みんながテーブルの上に置かれたスマホをにらみつけていた。

いったい、どんな状況《じょうきょう》？

「みんな、お菓子と飲みもののおかわりを持ってきたけど……何を見ているの？」

わたしは、スマホにぶつからないようにお菓子の入った器をテーブルの上に置きながら、スマホの画面をのぞきこむ。

画面には、見るからに怖《こわ》そうなおじさんが映《うつ》っていた。

スキンヘッドであごひげ。

首には金のネックレス。

そして、黒いスーツ。

どこからどう見ても、ヤのつく自由業の人っぽい。

そんな怖そうなおじさんが、イルカのスプリング遊具の後ろの植えこみで、手をひざについて何かを探《さが》しているように前かがみになっているのが、スマホの画面に映っているすべてだった。

「あ、渡辺《わたなべ》さん。今みんなに見てもらっているのは、わたしが昨日うちの近所にある公園で見かけた、怖そうなおじさん」

布津《ふっ》さんが、麦茶のためのグラスを配るのを手伝いながら説明してくれる。優《やさ》しい。

「昨日、学校の帰りに見かけたんだけどさ。公園中を探しまわっているようだったから、わたし、『探しものがあるなら、交番のおまわりさんを呼《よ》んできましょうか？』と声をかけたの。ちょうど公園から三十メートル先の交差点に交番があって、いつもそこのおまわりさんに『困《こま》っている人がいたら、子どもだけで助けようとしないで、交番へ声をかけてね』と言われていたからね」

「どうして、困っている人がいたら、子どもだけで助けようとしないで、交番へ声をかける必要があるんだ？」

熊本《くまもと》くんが、布津《ふっ》さんの話に割《わ》って入る。

「さあ？　わたし、小さいときからそのおまわりさんに言われているんで、特に理由を考えたこともなかった」

布津さんは、なぜだろうと言った感じに少し首をかしげる。

「変質者《へんしつしゃ》の中には、『道を教えてほしいから案内して』とか『犬が迷子《まいご》になったから一緒《いっしょ》に探《さが》して』とか、ぼくたち子どもの親切心につけこんで、声をかけて悪さをしようとたくらむやつがいるからさ。きっと公園でその手の変質者が多かったから、おまわりさんは布津が被害《ひがい》にあわないよう、前もって教えてくれていたんだ」

すかさず、得意げに安土真《あづちまこと》が解説《かいせつ》する。

「すごくいいおまわりさんじゃなぁい！」

伏見《ふしみ》さんが、感激《かんげき》して目を輝《かがや》かせる。

「うん。うちの近所の人たちも、みんなそのおまわりさんのことが大好きなんだ。だから、教えられたとおりに声をかけたら、なんて言われたと思う、渡辺《わたなべ》さん？」

布津さんが、急にわたしに話をふってきたので一瞬《いっしゅん》あせった。

でも、よく考えたら、これは今までおかわりの準備《じゅんび》をしていて、この場にいなかったわたしが、みんなの話から置き去りにされないようにしてくれているのだとわかり、あせりは消え、代わりに布津さんへの感謝《かんしゃ》の気持ちでいっぱいになる。

「『話しかけないでくれ』かな？」

会話がしらけないよう、変にウケ狙《ねら》いなことは言わず、わたしは思いついたことを答える。

「うぅん。『おまわりさんにだけは、絶対《ぜったい》言うんじゃねえ！』と言われたんだ。しかも、すごくドスのきいた声で！ それで、あんまりにも頭に来たから、公園を少し離《はな》れてから、こっそりとスマホでそのおじさんを撮影《さつえい》したの。それが、この画像《がぞう》なんだ」

布津《ふつ》さんに言われ、わたしは改めておじさんの画像を見た。

今度は、怖《こわ》さに加え、あやしさも感じられた。

「でも、これも菜美《なみ》みたいに、わたしがかんちがいしているだけかもしれないし、安土《あづち》くんにこの人が悪い人かそうでないか、解決《かいけつ》してほしいんだ」

安土真《あづちまこと》は、布津さんの話をよくよく考えるように、手のひらのつけ根でこめかみをたたいていた。

「あれ？　もしかして、この画像に映《うつ》っている公園って、タコ公園？」

急に伏見《ふしみ》さんが目を大きく見開き、テーブルの上の布津さんのスマホへ顔を近づける。

「そうだよ。それがどうかしたの？」

タコ公園という愉快《ゆかい》な名前は、この七草町《ななくさまち》では当たり前なのか、布津さんは笑わずに伏見さんにきき返す。

「どうかしたも何も、タコ公園では一昨日《おととい》不良グループ同士のけんかがあって、たくさ

んのけが人が出て大騒《おおさわ》ぎだったんだから！　でも、けがをさせた不良グループの一人がまだ逃《に》げていて、見つかっていないんで、警察《けいさつ》が探《さが》しまわっているんだって！　もしかしたら、布津《ふつ》さんが見たおじさんって、不良グループの一人なんじゃなぁい？　それで、自分につながる手がかりを公園に落としてきちゃったものだから、警察に見つけられる前に探していたんだよ！」

伏見《ふしみ》さんは、息継《いきつ》ぎなしでまくし立てる。

「でもよぉ、久美穂《くみほ》。それこそ、さっき真《まこと》が言っていたみたいに、思いこみとかんちがいかもしれねえぞ」

「そうだね、久美穂ちゃん。わたしも今みたいに、ほかの可能性《かのうせい》を考えないで、パパとママの言ったことを信じて疑《うたが》わなかったからね」

すかさず、熊本《くまもと》くんと月井《つきい》さんが言う。

こんなふうに、ちょっと立ち止まって考え直すのがふつうだと思える空気になったのは、さっきの安土真《あづちまこと》のおかげだろう。

もしも、あの話がなければ、わたしも伏見さんの話をそのまま何も考えずに信じこむところだった。

「もしかしたら、布津さんの見かけたおじさんは、不良グループの一人でもなくて、まったく別の理由でいたかもしれない。そういうこと？」

わたしは、熊本くんと月井さんの話に加わる。

「そう、それだ、渡辺《わたなべ》！　でも、そうなると、あのおっさんは何者で、何を探しているんだ？　久美穂よりも納得《なっとく》いきそうな可能性って思いつくか、月井？」

「うーん……梅音《うめね》の話だと、おじさんは公園で探しものをしていて、警察には言うなと口止めしてきたんだよね？　やっぱり、そこがあやしいと思うんだ。何も悪いことをしていないなら、警察に助けてもらった方がいいもん」

「だから、あたしが考えた『おじさん、けんかの犯人《はんにん》』説があるじゃなぁい。ほかの可能性って、考えられる？」

伏見さんは、強気だ。

「ほかの可能性《かのうせい》で思い出した！　わたしとダンス教室が一緒《いっしょ》で、梅檀館付属小学校《せんだんかんふぞくしょうがっこう》にかよっている友だちがいるんだけどね。家出して行方《ゆくえ》不明になっているんだ。そのタイミングも、久美穂《くみほ》ちゃんが教えてくれたけんかのあったのと同じ、一昨日《おととい》だったよ」

布津《ふつ》さんに言われると、伏見《ふしみ》さんの勢《いきお》いが一気に弱まる。

「何なにぃ。そんな事件《じけん》があったなら、先に言ってほしいじゃなぁい。そうしたら、『おじさん、けんかの犯人《はんにん》』説じゃなくて、『おじさん、誘拐犯《ゆうかいはん》』説だって考えられたのに」

「ほかの可能性を考えつけても、何が真実なのか、しぼりこめなければ意味がないと思うのだけど……？」

口に出して言ってから、しまったと思った。

これは、一生懸命謎《いっしょうけんめいなぞ》について考えている伏見さんに失礼だった。

せっかくの友だちに、申しわけない。

わたしは、急いでフォローを入れた。

「でも、さっきからおじさんの正体が何者で、何を探《さが》しているのかという謎について、何も考えられていないわたしよりは、二つも可能性を思いつけた伏見さんの方がずっとすごいよね」

月井《つきい》さんが、目を丸くしている。

まずい。気を悪くさせたか！

「渡辺《わたなべ》さんが誰《だれ》かに話しかけられたり、質問《しつもん》するのではなく、自分から話すところを見るのは初めて！」

……は？

「渡辺さんって、けっこう自分の考えがあるんだね！　かっこいい!!」

……そういえば、わたし、〈放課後カイケツ団《だん》〉の仲間たちの前では、いろいろとしゃべっていたけれど、月井さんや布津さんとは、ふだん必要最低限《さいていげん》の言葉しかかわしてこなかった。驚《おどろ》かれても無理ないか。

「しかも、情報《じょうほう》整理がしっかりできているし、すごい！」

「さすが、名探偵《めいたんてい》の安土《あづち》くんと友だちなだけあるね！」

月井《つきい》さんと布津《ふつ》さんが、そろって感心する。

何？

ちょっといつもより口数多く話しただけでほめられるって、どれだけわたしに甘《あま》い状《じょう》況《きょう》なの、これ！

もしかして、最近アニメでよくある、異世界《いせかい》へ行ったらモッテモテでみんなからちやほやされまくる主人公のように、わたしも自分自身で気づかないうちに、異世界へ行っていた？

……わたしったら、小学五年生にもなって何をばかげたことを考えているの。

ここは、今までの人生にないくらい、優《やさ》しい友だちたちとめぐり会えた奇跡《きせき》に、素直《すなお》に感謝《かんしゃ》するところだ。

「久美穂《くみほ》と渡辺《わたなべ》のおかげで、この謎《なぞ》を解《と》くためにぼくらのすべきことがわかった。現場《げんば》となっているタコ公園に行って、布津が見かけた謎のおじさんが探《さが》していたものは何か、調べてみよう」

わたしが友だちとはいいものだと感謝している横で、安土真《あづちまこと》は麦茶をしっかりと飲みほしてから提案《ていあん》する。

「賛成《さんせい》！　さっそくタコ公園に行こうぜ！」

熊本《くまもと》くんが、ポケットにお菓子《かし》をつめこみながら賛成する。どうやら、公園へ行ってからもお菓子を食べる気満々のようだ。

「せっかく渡辺さんの家に招待《しょうたい》されて遊びに来たのに、タコ公園に行くのは悪くない？」

月井さんが、わたしを気にかけながら安土真と熊本くんにきく。どこまでも人間ができている。

「みんなでワイワイ楽しくできるなら、うちでも公園でも、わたしは大歓迎《だいかんげい》」

「そっか。ありがとう、渡辺さん」

「じゃあ、コップとかお菓子のお皿とか、一緒《いっしょ》に片《かた》づけるね！」

「ほら、安土もウータンも、出かけるなら、お片づけをしてからだよ！」

月井さんと布津さんと伏見《ふしみ》さんは、話がまとまると、てきぱきとテーブルの上を片づけ始める。

「これは、名探偵《めいたんてい》と言われるぼくとしたことが、うかつだった。では、ぼくは麦茶を冷《れい》蔵庫《ぞうこ》にしまうよ」

「えー？　そんなの女子にまかせておけばいいんじゃねえの？　ひいじいちゃんは、片《かた》づけとかの家の仕事は、女の仕事だってよく言っているぜ？」

熊本《くまもと》くんは、面倒《めんどう》くさそうな顔をする。

「片づけするのに、男子も女子もないよ。それと、今の時代、一生結婚《けっこん》しない人の数が多いんだ。片づけだけじゃなく、自分の面倒は、自分で見られるようになっておいた方が有利だ」

「そういうものなのか？」

「昔の時代を生きてきた君のひいじいちゃんと、君と同じ時代を生きているぼく。どっちがこれからの時代を生きていくのに有利な話をしていると思う？」

「そりゃあ、真《まこと》だな。わかった。片づけするよ。なあ、渡辺《わたなべ》。お菓子《かし》のカスを捨《す》てたいんだけど、ゴミ箱はどこだ?」

掃除《そうじ》さぼりの常習犯《じょうしゅうはん》の熊本くんを、自分から掃除する気にさせた安土真《あづちまこと》に、わたしは
もちろん、女子一同感心した。

「安土くんて、男女平等なんだね!」

「片づけを自分からしようなんて、かっこいい!」

月井《つきい》さんと布津《ふつ》さんが、目をキラキラと輝《かがや》かせる。

「なーに、結婚相手がとんでもないクズだとわかっても、自分の面倒を見られないから、自分の身のまわりの世話をさせるために、別れたくても別れられないで人生をドブに捨てる、なまけ者な大人にならないよう、今から用心しているだけさ」

安土真の答えに、月井さんと布津さんから、目の輝きが消える。

安土真が男女平等でも、女子に対して親切な男子でもないと悟《さと》ったせいだ。

「えーっと、みんなのおかげで片づけが早くすんだから、これでタコ公園に出発できるね」

乙女《おとめ》の夢《ゆめ》が粉々《こなごな》に打ち砕《くだ》かれたせいで発生した微妙《びみょう》な空気を払《はら》いのけるべく、わたしは急いで話題を変えると、みんなでタコ公園へ向かったのだった。

タコ公園は、七草第一小学校《ななくさだいいちしょうがっこう》へ行く道とは反対方向へ進むとあった。

二階建《だ》ての家と同じ高さはある巨大《きょだい》なピンク色のタコの形をしたすべり台を中心に、クジラやイルカの形をしたスプリング遊具、海を思わせる青や水色にぬられたブランコ、マンボウの絵が描《えが》かれた自動販売機《じどうはんばいき》がある。

こうした遊ぶスペースのまわりには、ピクニックができるように、芝生《しばふ》や木々が植えられている緑地スペースとでも言うべき場所があった。

「あの茂《しげ》みのところに、例のおじさんがいたんだよ」

布津《ふつ》さんが、緑地スペースを指差して教えてくれた。

でも、そこにはゴミ一つ落ちていなかった。

「おじさん、いったい何を探《さが》していたんだろうね」

伏見《ふしみ》さんが、サイドポニーテールを揺《ゆ》らしながら、首をかしげる。

しかし、すぐに首をまっすぐにもとに戻《もど》した。

「わあ！　ねえ、見て見て！　あっちの入口からジョギングしてきたの、梅檀館大学《せんだんかんだいがく》バスケットボール部のスター、ロジック選手じゃなぁい！」

伏見さんは、公園に入ってきた、ジャージ姿《すがた》でもとてつもなくかっこよくて、身長二メートル以上はある外国人選手を見て、ほほを真っ赤にする。

短く刈《か》りあげた黒髪《くろかみ》。ほくろ一つない美しい黒い肌《はだ》。がっしりとした肩幅《かたはば》。すらりと長い足。はっきりいって、かっこよくないところを見つけることが難《むずか》しいくらい、全身からかっこいいオーラがほとばしっている！

「すっげー！　本物のロジック選手だ！」

いつのまにか近くのヒマラヤスギにのぼっていた熊本《くまもと》くんが、大喜びしながら木から飛び降《お》りる。

「テレビで見るより、ずっとかっこいい！」

「そういえば、この公園がトレーニングコースだったんだよね！」

月井《つきい》さんと布津《ふつ》さんが、うっとりとロジック選手に見とれる。

「ロジック・ジョンソン。本名マーヴィン・ジョンソン・ジュニア。身長二メートル六センチ。体重百キログラム。梅檀館大学国文学部《せんだんかんだいがくこくぶんがくぶ》二年生で、バスケットチーム所属《しょぞく》。背《せ》番号《ばんごう》は、四番。ポジションは、司令塔《しれいとう》にあたるポイントガード。仲間たちへの知的で論《ろん》理的《りてき》な指示《しじ》の出し方から、ついたニックネームが、ロジック・ジョンソン！」

あの安土真《あづちまこと》さえ、ロジック選手を見て感動しているのか、頼《たの》みもしないのにロジック選手のプロフィールを熱く語り出す。

ロジック選手は、わたしたち小学生が見とれているとも知らず、公園内をジョギングする。

途中《とちゅう》、道端《みちばた》に落ちていた赤ちゃんの帽子《ぼうし》を見つけると、拾いあげて木の枝《えだ》にかけて、持ち主が見つけやすいようにしてあげてから、また走り出す。

次に道端に落ちている子どものポシェットを見つけると、これまた見つけやすいよう

に近くの木の枝にかけていく。

さらには、ポイ捨《す》てされたペットボトルを見つけると、わざわざジョギングを中断《ちゅうだん》して自販機《じはんき》のとなりのゴミ箱へ捨てに行く。見た目だけでなく、中身までかっこいい！

今日初めてロジック選手のことを知ったけれど、伏見《ふしみ》さんやみんなが見とれるのも納得《なっとく》のかっこよさだ！

しかも、最後にわたしたちに気がつくと、優《やさ》しい笑顔で手をふってから公園を去っていった。

まさか、わたしたちに手をふっても

らえるとは夢《ゆめ》にも思わなかったので、みんなでいっせいに歓声《かんせい》をあげてしまった。

熊本《くまもと》くんにいたっては感動のあまり野生に返ってしまったのか、文字に置きかえられないような奇声《きせい》を発しながら、ゴリラのように胸《むね》をたたいている。

熊本くんの奇行《きこう》は、いつものことだから、珍《めずら》しくもない。

珍しかったのは、安土真《あづちまこと》が突然《とつぜん》走り出したかと思うと、タコの形をした巨大《きょだい》すべり台の頂上《ちょうじょう》まで一気に駆《か》けのぼっていったことだった。

おまえも野生に返ったのか、安土真！

わたしは驚《おどろ》いただけだったけれど、伏見《ふしみ》さんと月井《つきい》さんと布津《ふっ》さんは、驚き心配する。

「安土、いったいどうしちゃったの？」

「安土くんまで熊本くんみたいになるなんて……」

「いくらロジック選手に手をふってもらったからって、二人とも興奮《こうふん》しすぎだよ」

わたしたちが、安土真を追ってタコ型すべり台の下へ来たときには、安土真は頂上から公園中を見終えたところだった。

「謎《なぞ》を解《と》き明かすのは、魔法《マジック》ではなく論理《ロジック》だと、名探偵《めいたんてい》エラリィ・クイーンが言っていたけれど、まさにそのとおり！　ロジック選手のおかげで、謎はすべて解けた！」

「謎がすべて解けたってことは、あのおじさんが何者で、何を探《さが》していたのかということも何もかもわかったってこと？」

布津さんが、うさんくさそうに安土真を見あげる。

そういう顔をしたくなる気持ち、よくわかる。

でも、安土真に限《かぎ》っては、うそやハッタリや見栄《みえ》でもなく、言ったとおりなのだ。

「もちろんさ。おじさんの正体も、探しものも、何もかもわかった」

安土真は、タコのすべり台をすべり下り、わたしたちの前に戻《もど》ってきた。

「さあ、おじさんに会いに行くとしよう」

わけがわからないでいるわたしたちをよそに、安土真はすべり台の下にある砂場《すなば》に落ちていた、三十センチほどの木の枝《えだ》を拾うと、指揮棒《しきぼう》のようにふって緑地へ向かって歩き出す。

そこには、布津《ふっ》さんがスマホで見せてくれた、あのおじさんの姿《すがた》があった！

さあ、ここで問題！
おじさんの正体は何者で、探《さが》しものはいったいどこにあったのでしょう？
みんなも安土真《あづちまこと》と同じ情報《じょうほう》を持っているから、推理《すいり》してみてね！

本日二度目のわたしの想像力《そうぞうりょく》の暴走《ぼうそう》は、よい子向け番組の司会のお姉さん風になった自分が、かわいい着ぐるみたちと一緒《いっしょ》にマイクを片手《かたて》に呼《よ》びかけている方向で進んだ。
幼稚園《ようちえん》以来見ていないけど、まだやっているのかな、あのよい子向け番組……。
そんなどうでもいいなつかしさに一瞬《いっしゅん》だけひたってから現実《げんじつ》に戻《もど》ると、おじさんは目を皿のようにして、緑地の茂《しげ》みをあさっている真っ最中だった。
ただでさえ怖《こわ》い顔なのに、険《けわ》しい表情《ひょうじょう》を浮《う》かべているので、近寄《ちかよ》りがたい。というより、近寄りたくない。

でも、安土真は、ほがらかな笑みを浮かべ、おじさんに近づいていく。

「こんにちは」

安土真が猫《ねこ》めいた笑みを浮かべても、おじさんは軽くにらみつけ、低いうなり声じみた声をあげるだけで、まったく相手にしない。茂みに頭をつっこんで、熱心にあさり出す。

すると、安土真は、さらにおじさんに近づいて、そばにしゃがみこんだ。

「こんにちは、刑事《けいじ》さん。落としものの心当たりなら、ありますよ」

刑事さん?

この怖い顔のおじさんが?

信じられないのはわたしだけではないとわかったのは、伏見《ふしみ》さんと月井《つきい》さんと布津《ふつ》さんも、驚《おどろ》いていたからだ。

おじさんは、茂みから顔を出して、ゆっくりと立ちあがりながら、薄気味《うすきみ》悪そうに安土真をながめた。

「どうして、おれが刑事《けいじ》だとわかったんだ？　ていうか、すげえ服を着ているな……」

安土真《あづちまこと》は、勝ち誇《ほこ》った仕草で前髪《まえがみ》をかきあげる。

「おほめにあずかり、光栄です。友だちから、あなたが探《さが》しものをしていてとても困《こま》っているのに、絶対《ぜったい》に交番へは知らせるなと念《ねん》を押《お》したという話をきいたからです」

対大人用猫《ねこ》かぶりバージョンで、安土真はおじさん……刑事さんに語りかける。

「その話のどこら辺で、おれが刑事だとわかるんだ？」

「交番のおまわりさんを代表に、警察官《けいさつかん》のお世話になりたくない人は、大きく分けると二種類しかいません。一種類目は、犯罪者《はんざいしゃ》。そして、二種類目は、ミスをしでかした警察官です」

とたんに、伏見《ふしみ》さんが手をポンとたたいた。

「そっか！　仲間にミスを知られたくはないものね！」

「だが、おれが犯罪者だったらどうするんだ？」

「それはないですね。もしも犯罪者だったら、交番が近くにある公園で落としものをしたら、いつパトロールのおまわりさんに見つけられてしまうか不安で、探しものなんてできないはず。でも、日の高いうちから堂々と探しものをしている。こうした行動ができるのは、もしパトロールのおまわりさんに見つかっても、自分は絶対に捕《つか》まるはずがないとの安心感があるから。したがって、刑事さんだとわかったんです」

「ガキのくせに、頭も舌《した》もよくまわるやつだなぁ」

刑事さんは、安土真の答えに感心したように息をつく。

「いえいえ。またもほめていただき光栄です」

安土真は、自慢《じまん》げに前髪をかきあげる。

「だから、警察手帳を一生懸命《いっしょうけんめい》探しているあなたには、心底同情《どうじょう》しています」

「ど、どうしておれが警察手帳を落としたとわかったんだ？」

二、三歩あとずさってから、刑事さんは乾《かわ》いた声でたずねる。

探していたのは、警察手帳だったのか！

警察手帳をなくすと、拾った人間に犯罪に使われてしまう危険《きけん》が高いので、なくした警察官《けいさつかん》は厳重《げんじゅう》注意を受けると、前にどこかできいたことがある。

これは、一生懸命探《いっしょうけんめいさが》していたわけだ……。

安土真《あづちまこと》に指摘《してき》された刑事さんは、盛大《せいだい》に顔をひきつらせ、体をこわばらせる。

一方の安土真はといえば、すずしい顔だ。

「これもまた交番へは知らせるなと念《ねん》を押《お》したからです。きっと、交番に届《とど》けられてはまずいものを落としたから、一生懸命に探しているのだと想像《そうぞう》がつきました。そこから、刑事さんが交番に届《とど》けられてほしくない落としものは何かと推理《すいり》を推《お》し進めていった結果、警察手帳《けいさつてちょう》だとわかったんです」

刑事さんはもちろん、わたしたちもひたすら感心するしかなかった。

同じ情報《じょうほう》を知っていたのに、わたしにはちっともわからなかった!

「そこまでわかっているなら、もしかして警察手帳がどこに落ちているのかまで、わかっているのか?」

あまりにもズバズバと言い当てられすぎて、刑事さんは安土真を怒《おこ》って追い払《はら》おうとするのではなく、冗談《じょうだん》半分で期待をし始める。

「もちろん。ロジック選手のおかげでね」

安土真は、わたしたちにも言っていたわけのわからないコメントを、刑事さんに対してもする。

「ロジック選手？　そういや、さっき公園内をジョギングしていたか。だが、それとおれの警察手帳のありかがどう関係するんだ？」

「そうだよ、安土くん。わけわからないよ」

「どうして、ロジック選手のおかげで、警察手帳の場所がわかったの？」

月井《つきい》さんと布津《ふつ》さんが、我慢《がまん》しきれず、安土真に催促《さいそく》する。

今までなら、わたしが話を進めるように言っていた気がするけど、今はしていない。どうやら、知らず知らずのうちに安土真の話し方に慣《な》れてしまったらしい。なんだかなぁ。

「ロジック選手は、ジョギング中に公園内に落としものがあると、必ず拾いあげて、持ち主が見つけやすいように、自分のそばにある高いところに置いていました。ところで、ご存《ぞん》じのとおり、ロジック選手はとても背《せ》が高いので、落としものを木の枝《えだ》にかけると、とんでもなく高い場所になるんです」

安土真《あづちまこと》の言葉に、わたしは急いでロジック選手の拾った落としものがかけられた木の枝を見まわす。

安土真が言ったとおり、ロジック選手が拾いあげた赤ちゃんの帽子《ぼうし》も、ポシェットも、わたしの背よりもうんと高い場所にかけられていた。

「そこで、ぼくは気がついたんです。もしかしたら、ロジック選手が警察手帳《けいさつてちょう》を拾って高いところに置いてしまったのではないか。現役《げんえき》の警察官が何日もかけて公園中を探《さが》しも警察手帳が見つからないのは、地面ではなく、高いところに置かれているせいではないか……とね。そこで、この公園で一番高いすべり台にあがって、警察手帳がどこか高いところに置かれてはいないか、探しました。そうしたら、ぼくが推理《すいり》したとおり、警察手帳が見つかりました。こちらです」

安土真が歩き出したので、すかさず刑事《けいじ》さんもあとに続く。

とてつもなく怖《こわ》い顔をした刑事さんが、変な格好《かっこう》をしたマッシュルーム頭の小学生におとなしくついていく光景は、えらくシュールだ。

まあ、そんなシュールな二人に、わたしもついていっているから、人のことは言えないけどね。

「こちらです」

安土真は、自動販売機《じどうはんばいき》の前で立ち止まる。

「おっ！　謎《なぞ》が解《と》けたのか、真《まこと》？」

ひとしきり興奮《こうふん》し終えてすっきりしたのか、熊本《くまもと》くんもわたしたちの中に加わってくる。

そういえば、今までずっといなかったんだ、熊本くん。忘《わす》れていて、ごめん。

「まあね。まずは、おじさんの探しものを回収《かいしゅう》しよう」

安土真は、さっき砂場《すなば》で拾った木の枝《えだ》を使って、自動販売機の天板をこするように動かす。

けれども、枝《えだ》が短いのか、安土真《あづちまこと》の腕《うで》が短いのか、なかなか自動販売機《じどうはんばいき》の上に、思うように枝が届《とど》かない。

今までずっと得意げな安土真を見ていて、鼻についていたせいだろう。わたしの中で、ちょっといじわるな考えが浮《う》かんだ。

「安土くん。背《せ》が届かないなら、わたしが変わろうか？」

「無理だ。渡辺《わたなべ》も、ぼくとたいして背が変わらないじゃないか」

今までの余裕《よゆう》たっぷりの態度《たいど》はどこへやら、安土真は鋭《するど》い目つきで言い返す。

やっぱり、わたしより一センチ背が低いことを気にしているな、こいつ。

「自動販売機の上に、何か取りたいものがあるのか？　だったら、取ってやるよ。ウオッホ！」

謎《なぞ》のかけ声とともに、熊本《くまもと》くんが自動販売機の前で垂直《すいちょく》とびをする。

「ウータンの身長は百四十四センチ。自動販売機の高さは、百八十三センチ。それなのに、自動販売機の天板が見えるほど高くとんでいるということは、ウータンのジャンプ力は全国平均《へいきん》の二倍はあることになる。すごいな」

珍《めずら》しく安土真が素直《すなお》に感心していると、

「おっ！　何か黒っぽいものがあるぞ！」

着地するなり、熊本くんが元気いっぱいに報告《ほうこく》してくる。

「それを取ってほしいんだ。届かないだろうから、枝を貸《か》すよ」

「平気平気！」

安土真が差し出した枝を受け取らず、熊本くんはまたも自動販売機の前で垂直とびをする。

そして、今度はカルタを取るように、思いきり自動販売機の天板をはたいた！

たちまち、自動販売機の上から黒っぽいものが勢《いきお》いよく飛んでくる。

「おい、こら！　もっと大事に扱《あつか》ってくれ！」

刑事《けいじ》さんは青ざめ、甲高《かんだか》い悲鳴じみた声をあげながら、警察手帳を受け止めようと上を見ながら右往左往《うおうさおう》する。

しかし、警察手帳《けいさつてちょう》は、ちょうど安土真《あづちまこと》の方へ落ちてきた。

安土真は、すかさず警察手帳を受け止める。

「これでまちがいないですね、刑事《けいじ》さん?」

「ああ、まちがいない……肝《きも》が冷えたぜ……」

ぼそりと小声で本音をつけ足しながら刑事さんは警察手帳を確認《かくにん》する。

中には、刑事さんの顔写真があり、その下にはこう書かれていた。

【巡査部長《じゅんさぶちょう》】
【鬼《おに》 刑事《けいじ》】
【Oni Keiji】

安土真がふだん持ち歩いている看板兼名刺《かんばんけんめいし》と同じで、警察手帳も、日本語とローマ字表記で名前が書かれているのか。初めて知った。

……刑事さんの名前について、いろいろと言いたいことがあったけれど、それを声に出したら負けな気がして、わたしはあえて何も言わずにおいた。

「なんでロジック選手は、警察手帳を交番へ届《とど》けなかったのかな？」

伏見《ふしみ》さんが、不思議そうに安土真にきく。

「おそらく、公園に落ちていたから、本物ではなく、おもちゃの警察手帳だと思ったんだよ。ぼくらだって、アメリカの警察手帳が道端《みちばた》に落ちていたら、本物とは思わずにおもちゃだと思うだろう？　それと一緒《いっしょ》だよ」

おまけに、警察手帳《けいさつてちょう》の中に書かれている人の名前が「鬼刑事《おにけいじ》」ともなれば、ますますおもちゃの警察手帳っぽくなる。

それを言ったら、刑事さんが気を悪くするのが目に見えているので、あえて言わないのだろう。安土真《あづちまこと》、なかなか要領《ようりょう》がいい。

「とにかく助かったぜ。お礼《れい》に飲みものをおごろう」

刑事さんはほっとしてから、大事そうに警察手帳をふところにしまうと、代わりに財布《さいふ》を取り出した。

なるほど。

自動販売機《じどうはんばいき》で飲みものを買おうとした際《さい》、同じポケットに入れていた警察手帳を落としてしまったのだろう。

だから、ロジック選手は自動販売機の前に落ちていた警察手帳を、すぐ見つかるように自動販売機の上に置いたんだ。

どうして、ロジック選手が木の枝《えだ》ではなく、自動販売機の上に警察手帳を置いたのか。

この疑問《ぎもん》だけは、安土真の説明にはなくてわからなかったけれど、自力で突《つ》き止められた！

わからないことがわかると、とても気分がいい。

この気分のよさが忘《わす》れられないから、安土真は探偵《たんてい》をしているのかもしれない。

それとも、あいつの場合は、おこづかい稼《かせ》ぎが目的かな。たいてい、依頼料《いらいりょう》五百円をもらって、謎解《なぞと》きに取りかかっているもの。

今だって、刑事さんに飲みものをおごってもらうと言われたから、しっかりちゃっかりがっつりと、自動販売機の中で一番高いジュースを選びそう。

「ありがとうございます、刑事さん。困《こま》っている人を見たら助けるのは、人間として当たり前の行動だから、飲みものはけっこうです」

あ、あれ？

誰《だれ》、このいい子？

安土真《あづちまこと》らしくない！

わたしが驚《おどろ》き、とまどっていると、刑事《けいじ》さんはざんねんそうな顔をする。

「子どもが妙《みょう》な遠慮《えんりょ》をするもんじゃねえぞ。もしかして、友だちの分もおごろうとしているおれの財布《さいふ》に負担《ふたん》がかかることを心配しているのか？　だったら、そんな心配なんか必要ないぞ。ちゃんとお金は持っている」

「そこまでしてお礼《れい》をしたいなら、友人たちには飲みものをおごってください。ぼくには、刑事さんがこの公園で捜査《そうさ》していた事件《じけん》が、不良グループのけんかか、小学生の行方《ゆくえ》不明事件か、どちらなのか教えていただくだけでけっこうです」

うん。これはまちがいなく、いつもの安土真だ。

「はあ？　捜査内容《ないよう》を軽々しく言えるかよ！」

「大丈夫《だいじょうぶ》。不良グループはぼくらの近所に住んでいる人間かもしれないし、小学生の行方不明事件ともなれば、ぼくたちの方が情報《じょうほう》を持っているかもしれないでしょう？　刑事さんは、ぼくたちへききこみをしたことにすれば、なんの問題にもなりません」

大人、それも刑事さん相手に悪魔《あくま》のささやきをしてきた！

かぶっていた猫《ねこ》を脱《ぬ》ぎ捨《す》てて、本性《ほんしょう》を見せ始めたな、安土真！

「情報源《じょうほうげん》か。悪くねえな。よし、いいだろう！」

刑事さんは、悪魔のささやきに乗せられる。

「だが、その前に、みんなに飲みものをおごってからだ。おまえも、大人相手に駆《か》け引きをするために飲みものを我慢《がまん》しないで、好きなものを飲め」

乗せられたと思ったら、ちゃんと自分の意見も手放していない。さすが刑事さんだ。

警察手帳《けいさつてちょう》は落としたけれど、警察官としての自覚も、大人としての自覚も落としていない。

「だったら、おれ、五五〇ミリリットルの麦茶！」

これまでずっと飲みものをリクエストするタイミングを待っていたのか、熊本《くまもと》くんが手を挙《あ》げながら力強く宣言《せんげん》する。

「あたし、黒豆茶！」

伏見《ふしみ》さんも、遠慮《えんりょ》なく元気よくリクエストする。

「なら、あたしは、ハマイカティーかな」

「あたし、レモングラスティー」

月井《つきい》さんと布津《ふつ》さんも、迷《まよ》うことなくリクエストする。

さてはみんな、刑事《けいじ》さんが飲みものをおごると言った瞬間《しゅんかん》から、何をおごってもらおうか、心の中でひそかに選んでいたな。そうでなければ、あまりにもリクエストが早すぎる。

「わたしは、ルイボスティーをお願《ねが》いします」

とはいっても、実のところ、わたしもひそかに選んでいたから、みんなのことは言えなかったりする。

「ぼくは、そば茶がいいです」

「了解《りょうかい》。しかし、いつ見ても、ここの自動販売機《じどうはんばいき》はお茶が充実《じゅうじつ》していていいぜ」

刑事さんは、わたしたちのリクエストしたとおりの飲みものを買うと、順番に手渡《てわた》していってくれた。

怖《こわ》そ……いいえ、凶悪《きょうあく》そ……いいえ、迫力《はくりょく》のある顔立ちだけれど、こうして気さくに話しかけてくれると、頼《たの》もしい大人に見える。

「それで、いったい、この公園で起きたどちらの事件《じけん》を担当《たんとう》されているんですか？」

安土真《あづちまこと》は、そば茶をひと口飲んでから、待ちかねたように刑事さんにきく。

刑事さんは、マテ茶のキャップを開けながら、声をひそめた。

「小学生の行方《ゆくえ》不明事件の方だ。今までも何度か家出をしている子で、今回も祖父母《そふぼ》の家に転がりこんでいると思われていたんだ。だが、そうでないようなので捜査《そうさ》をしている」

布津さんも、刑事さんにつられる形で、声をひそめた。

「その小学生、冬芽育江《ふゆめいくえ》ちゃんでしょう？　あたしの友だちです」

そういえば、うちにいるとき、そんな話をきいた覚えがある。

「は？　いいや。金柑寺健《きんかんじけん》という小学六年生の男子児童だ。七草第一小学校《ななくさだいいちしょうがっこう》にかよっているそうだ。なんか知らねえか？　かれこれ二週間近く行方《ゆくえ》不明になっているんだ」

刑事《けいじ》さんの質問《しつもん》に、〈ゴシップクイーン〉のあだ名にはじず、伏見《ふしみ》さんが素早《すばや》く反応《はんのう》した。

「金柑寺健《きんかんじけん》くん？　うちの学校で保健室《ほけんしつ》登校している生徒の一人じゃなぁい。ほかの保健室登校の子とちがって、よく保健室の先生のお手伝いをしているから、〈プロの保健係〉ってあだ名で、一部の生徒に人気あったけど、最近保健室にいないから、てっきり引《ひ》っ越《こ》しちゃったとばかり思っていた！」

〈プロの保健係〉……。

伏見さんのあだ名の〈ゴシップクイーン〉や熊本《くまもと》くんのあだ名の〈リアル戦闘民族《せんとうみんぞく》〉みたいに、七草第一小学校《ななくさだいいちしょうがっこう》では、あだ名をつけるのが常識《じょうしき》なの……？

「そうそう。その子で合っている。しかし、保健室登校の子に人気者がいるとは思わなかったな」

「ニュースで紹介《しょうかい》されるのは、あくまで保健室登校の一タイプじゃなぁい。金柑寺くんは、別にいじめられたから保健室登校をしているんじゃなくて、算数の時間に図工をやりたくなる性格《せいかく》だから、自分が好きなタイミングで好きな勉強をできるようにするために、保健室登校しているの」

伏見さんは、すらすらと金柑寺さんの情報《じょうほう》を刑事さんへ伝える。

「もしかして、前にぼくらが消火器を使ったときに、消火剤《しょうかざい》を洗《あら》い落としたあとにタオルを配ってくれた保健係の男子が、金柑寺健くん？」

「ひょっとして、ときどき朝一番に学校行くと、一人でバスケットやとび箱をしている兄ちゃんのことか？　おれ、一緒《いっしょ》に遊んだことあるぜ」

安土真《あづちまこと》と熊本くんが、思い出したように、そろって声をあげる。

「そう、それが金柑寺健くん」

全然知らない人だとばかり思っていたけど、わたしが見かけたことがあるってことは……

もしかして、金柑寺さんが行方不明になったのって、わたしの疫病神体質《やくびょうがみたいしつ》が引き寄《よ》せたトラブル？

わたしの背中《せなか》に、いやな汗《あせ》が伝い落ちていく。

「……そうだったのか。なんだかんだで学校の子たちと仲良くやっているじゃねえか。おれは母親から『いじめられているから、保健室《ほけんしつ》登校しているみたいだし、家出したのかも』としかきいていなかった」

金柑寺《きんかんじ》さん行方《ゆくえ》不明の原因《げんいん》に、刑事《けいじ》さんは頭を悩《なや》ませているみたいだけど、たぶん原因はわたしの疫病神体質《やくびょうがみたいしつ》です！

よほど大声で叫《さけ》びたかったけど、そんなことを言っても信じてもらえないし、何も解《かい》決《けつ》にならないので、わたしは黙《だま》っていることにした。

「時として、大人は自分の働いた悪事を隠《かく》すために、平気で子どもを悪者にしますからね。ところで、どうして二週間も前に行方不明になった金柑寺くんの捜査《そうさ》を最近になっても、ここでしていたんですか？」

安土真《あづちまこと》は平然と大人の悪口を言ってから、その大人である刑事さんへ質問《しつもん》をする。

「おう、それは金柑寺くんの部屋から見つかったこのメモに、タコ公園のことが書いてあったからだ」

刑事さんは、安土真の暴言《ぼうげん》に気を悪くすることなく、スマホを取り出すと、わたしたち全員へ見えるように、画面を見せてくれた。人間ができている。

そこには、奇妙《きみょう》な絵と文章が書かれたメモが映《うつ》し出されていた。

ピンク色のタコの絵が中心にあって、そのまわりに走り書きでいろいろな言葉が書かれている。

かろうじて意味がわかる言葉は【タコ公園から出発した場合のメモ】というものだけ。

あとは、それはもう、わけがわからない言葉ばかりだった。


【ろはへらのかんばん】

【むつきはひひはのにわかざり】

【そらときどきみつるP】

【めでかのれぱーく】

【いちにちじゅう楽は仏】

【33ーさんのいえ】　⬆ここ、ひみつきち。

授業中《じゅぎょうちゅう》、ノートにうとうとしながら書いた言葉みたいに、意味不明だ。

「秘密基地《ひみつきち》……」

安土真《あづちまこと》が、画像《がぞう》を見つめながら、ものほしそうな声でつぶやく。

あれだけ意味不明の言葉がある中で、その言葉だけを見つけ出すとは、安土真。さては、あわよくば探偵事務所《たんていじむしょ》にしようと狙《ねら》っているな？

「おれも、その秘密基地って言葉が気になってな。もしかして、秘密基地にしているお宅《たく》に家出しているのかもしれない。そう思って、このあたりできききこみをしていたんだが、看板《かんばん》はあっても『ろはへら』と書かれたものは一つもないし、ポスターに『いちにちじゅう楽は仏』なんて言葉も書かれちゃいない。『むつきはひひはのにわかざり』とあるんで、ヒヒの庭飾《にわかざ》りのある家を探《さが》したが、そんな家はどこにもない。『そらときどきみつるＰ』なんて、人の愛称《あいしょう》なのか場所の名前なのかなんなのか、さっぱりだ。『３３１さん』にいたっては、３３１番地の人かと思ったが、タコ公園周辺にはそんな番地は存《そん》在《ざい》しないと来た」

刑事《けいじ》さんは、そこまで言うと、大きくため息をついた。

「だったら、子どもらしく数字で語呂《ごろ》合わせした名前かと考え、３３１だからササイさんかミミイさん、それとサミイさんの家も探してみたが、タコ公園周辺ばかりか、七草《ななくさ》町内にも存在しなかったんだ」

すると、安土真がここぞとばかりに、刑事さんへ親切ぶった笑顔を見せた。

「これは、子ども同士で使われている暗号の一種で、大人にはわからないようにつくられているかもしれません。よかったら、学校のみんなにもきいてみるので、その暗号のメモを取らせてください。渡辺《わたなべ》、スマホを持っていたよな？　刑事さんに画像を送ってもらって」

「わかった」

〈放課後カイケツ団《だん》〉の中で、キッズスマホだけどスマホを持っているのは、わたししかいないので、わたしはすぐに引き受ける。

「くれぐれもSNS《エスエヌエス》で拡散《かくさん》するなよ？」

「大丈夫《だいじょうぶ》。警察《けいさつ》の情報《じょうほう》をよそにもらして捜査《そうさ》を妨害《ぼうがい》したら犯罪《はんざい》になると、ぼくの方からみんなにくぎを刺《さ》しておきますから」

「では、頼《たの》んだぜ。おっと、今、画像《がぞう》を送った子に、おれの連絡先《れんらくさき》も一緒《いっしょ》に送っておいたから、何かわかったら連絡をくれ。おれは休憩《きゅうけい》時間が終わりそうなんで、署《しょ》に帰る」

……これまでトラブルばかりで、ふつうとはかけ離《はな》れた人生を送っているわたしだけど、刑事《けいじ》さんの連絡先をもらうことになるとは、思いもしなかった。

刑事さんが公園から立ち去ったあと、これまで黙《だま》っていた月井《つきい》さんと布津《ふつ》さんが、勢《いきお》いよく安土真《あづちまこと》へ話しかけてきた。

「安土くん、すごい！　うわさ以上に名探偵《めいたんてい》だね！」

「警察の人と話し合えるなんて、マンガの名探偵みたい！」

七草第一小学校《ななくさだいいちしょうがっこう》で、安土真が探偵を名乗れるのは、月井さんと布津さんみたいに、探偵にとてつもなく好意的な人が多いからなのかもしれない。

「ところでよ、真《まこと》。どうしてさっきの刑事さんに探偵だとか〈放課後カイケツ団〉だとか言わなかったんだ？」

麦茶を飲み終えた熊本《くまもと》くんが、不思議そうにたずねる。

言われてみれば、刑事さんに会ったとき、安土真は一度も自分は探偵だとか〈放課後カイケツ団〉の出番だとか、いつも言うセリフを言ってなかった。

「初対面の大人に話を通しやすくするためさ。もし、ぼくが正直に『ありあまる探偵の才能《さいのう》の持ち主です』と言ってみろよ。刑事さんは、ぼくを探偵ごっこが好きなただの子どもだと誤解《ごかい》するだけだ。それよりも、『学校のみんなにきいてみます』と言えば、捜査協力《きょうりょく》するいい子だと思って、すんなりこちらへ情報をくれる」

地球上の大人のみなさん。

こういう性格《せいかく》の悪いマッシュルームみたいな子どもがいるから、うわべだけのいい子に用心してね！

「それにしても、『３３ーさん』って何者なんだろうね？」

伏見《ふしみ》さんが、黒豆茶を飲みながら言う。

「あーっ！」

突然《とつぜん》。

本当に、突然だった。

布津《ふつ》さんが大声をあげたのは。

「どうしたんだ、布津？」

わたしたちとちがって、安土真《あづちまこと》は驚《おどろ》くよりも、興味《きょうみ》をひかれたように布津さんにたずねる。

布津さんは、その場で足踏《あしぶ》みしながら話し始めた。

「『３３ーさん』って、言葉！　家出して行方《ゆくえ》不明の友だちも言っていたのを思い出したんだよ！　ダンススクールのレッスンへ一緒《いっしょ》に行こうと、冬芽育江《ふゆめいくえ》……その子の名前だけど、育江と待ち合わせしていたとき、あの子、ちょうどスマホで電話し終えたところだったんだ。それで、誰《だれ》と電話していたのかときいたら、『３３１３に電話していた』だったの。てっきり昔のドラマでやっていたみたいに天気予報《てんきよほう》を電話できくのを『１７７に電話していた』っていうみたいなことかと思って、今まで気にせずにいたけれど、今久美穂《くみほ》ちゃんが声に出したとき、最後の３は数字ではなくて何々さんって意味の『さん』じゃないかって……！」

布津さんは、自分の発見に興奮《こうふん》しすぎて、そこから先はうまくしゃべれていなかった。

「すると、金柑寺健《きんかんじけん》くんと、布津の友だちである冬芽育江さんの行方不明には、どちらも『３３１さん』が関係しているというわけか」

「そのこと、刑事《けいじ》さんに連絡《れんらく》する？」

これまで無関係だと思っていた、布津さんの友だちの家出も、金柑寺健さんの失踪《しっそう》とつながってきたことに、わたしはドキドキしながら安土真にたずねた。

事件《じけん》が大きくて謎解《なぞと》きのスリルを感じているのでは、ない。

わたしについている疫病神《やくびょうがみ》がまたもトラブルを引き寄《よ》せやがった！　……という理由でのドキドキだ。

「いいや。まだ推測《すいそく》の域《いき》を出ていない。ここは、３３ーさんの家を見つけてから、さっきの刑事《けいじ》さんに連絡《れんらく》しよう」

「さすが、安土《あづち》。探偵《たんてい》らしく、慎重《しんちょう》じゃなぁい！」

伏見《ふしみ》さんはほめるけど、わたしはちがった。

安土真《あづちまこと》は、刑事さんへ連絡するより何より、３３ーさんの家を見つけ出して自分の探《たん》偵事務所《ていじむしょ》として使えるかどうかを調べたいんだ！

わたしは、「ひみつきち」という言葉を目にした瞬間《しゅんかん》の安土真の目つきを思い出さずにはいられなかった。あれは、ネズミを狙《ねら》う猫《ねこ》の目つきだった。

「スマホの数字の並《なら》びと同じキーで文字入力したら、わかるかも。わたしのスマホはーと同じキーを一回タッチすると『あ』が出るから、そういう感じで……て、ダメか」

布津《ふつ》さんとまだあれこれと話していた月井《つきい》さんが、ひらめいたように自分のスマホで文字入力を始める。

探偵をしている安土真を野放しにしているだけあって、七草町《ななくさまち》って謎解《なぞと》きが好きな人間が多い地域性《ちいきせい》なの？

しかし、月井さんはすぐにがっかりした顔に変わった。

そこへ、すかさず安土真が口をはさんできた。

「『しあ』になったんだろう、月井？ ちなみにそのトグル入力で3を一回ずつタッチしても『ささあ』になって、人名にはならないよ」

「知っていたの、安土くん？ もう、それなら先に言ってよ。無駄《むだ》な努力《どりょく》をさせられちゃった」

「ぼくが頼《たの》んだならともかく、君がいきなり勝手に始めた行動に、どうしてぼくが責任《せきにん》を持たなければならないんだい？」

安土真は、すずしい顔で月井さんの八つ当たりを受け流す。月井さんは、おもしろくなさそうに顔をゆがめる。

「いいよ、わかった。この謎《なぞ》、探偵《たんてい》が解決《かいけつ》しちゃってちょうだい」

月井《つきい》さんに、ここまでふてくされた発言をさせるとは、さすが安土真《あづちまこと》。性格《せいかく》が悪い。

「もちろんさ。暗号解読《かいどく》も、３３ーさんの家探《さが》しも、ありあまる探偵の才能《さいのう》の持ち主であるこのぼく率《ひき》いる〈放課後カイケツ団《だん》〉にまかせておくがいい」

「そうだぜ、月井！　なあ、真《まこと》。さっそく３３ーさんの家を探しに行こ――」

熊本《くまもと》くんの言葉をさえぎるように、夕方五時のチャイムが鳴った。

前にいた町では『夕焼《や》け小焼け』だったけど、七草町《ななくさまち》は「七」という数に合わせたのか、『七つの子』のメロディが流れる。

「――五時になったから、家に帰らなきゃ！」

チャイムが鳴り終わると同時に、伏見《ふしみ》さんが言うと、布津《ふつ》さんも月井さんも口々に家に帰って塾《じゅく》や習い事へ行く時間だとあわてて始める。

「まいったな。タイムオーバーか。よし、今日はここまでにして捜査《そうさ》は別の日にしよう」

「えーっ、マジかよ、真。ちぇっ。せっかく冒険《ぼうけん》の予感がしていたのによぉ」

「せっかくの冒険なら、家に帰る時間を気にせず、じっくりと取り組んだ方がおもしろいだろう？ さあ、『家に帰ってくるのが遅《おそ》い！』と、保護者《ほごしゃ》に怒《おこ》られる口実《こうじつ》をなくすためにも、今日のところは帰って明日に備《そな》えよう」

「わかった」

帰りが遅くて保護者に怒られるのが怖《こわ》いとは、〈リアル戦闘民族《せんとうみんぞく》〉である熊本くんも、ふつうの小学生なのだと、変なところで感心してしまった。

こうしてみんな解散《かいさん》となったところで、安土真だけがわたしの方へ引き返してきた。

「渡辺《わたなべ》、さっき刑事《けいじ》さんから暗号の画像《がぞう》と連絡先《れんらくさき》をもらっていただろう？ あとでこのアドレスに送っておいてくれないか？」

安土真は、そう言ってポケットから一枚《まい》のカードを取り出した。

カードは、上半分が黒くて下半分が白いという、名前が一文字も書かれていなくても安土真の持ちものだと、ひと目でわかるデザインをしていた。

カードの黒い部分には、白い文字でメールアドレスが記されていた。

「家族共用のパソコンだから、メールのタイトルは『真《まこと》くんの友だちです』で頼《たの》む」

「了解《りょうかい》」

家族。

こんな当たり前の単語も、安土真《あづちまこと》の口から出てくると意外でしかない。

いったい、どんな親に育てられたら、こんな魔王《まおう》も土下座《どげざ》しそうなほど性格《せいかく》の悪い探《たん》偵《てい》に仕上がるのか。気にならないと言えば、うそになる。

安土真も帰っていき、今度こそ本当に帰り道を歩き出したわたしは、急に体にドーナツ状《じょう》の穴《あな》があいたような気分に襲《おそ》われた。

一人で夕方の道を歩いて帰るなんて、これまでの人生、数え切れないほどあった。

でも、体にあいた穴を風が吹《ふ》き抜《ぬ》けていったせいで体が冷えたような、心が冷えたような、そんな奇妙《きみょう》な感覚がするのは、生まれて初めてだ。

わたしが驚《おどろ》いて思わず立ちすくむと、保育園《ほいくえん》帰りと思われる小さい女の子とそのお母さんが後ろからわたしを通り越《こ》していく。

「ハナちゃん、ママに会えなくてさびしかった！」

「あらあら、さびしくさせちゃってごめんねぇ。じゃあ、家に帰ったら、ハナちゃんの好きなだっこでギューをしようねぇ」

さびしい。

ああ、そうか。

遠ざかる親子連れをながめながら、わたしは悟《さと》った。

体にドーナツ状の穴があいたような気分。

それは、さびしさだったんだ。

今まで、みんなと楽しくワイワイしていたのに、これから誰《だれ》も待っていない暗い家へ、誰も「おかえりなさい」と言ってくれることもない家へ、わたしはたった一人で帰らないといけない。

疫病神体質《やくびょうがみたいしつ》だから、アウトドア派《は》のひきこもりとして、一人ぼっちですごすのが当たり前だった。

それが、〈放課後カイケツ団《だん》〉に入って、一人ぼっちが当たり前でなくなったから、「さびしい」という気持ちを実感できたってわけか。

一瞬《いっしゅん》、謎《なぞ》の病気にかかったのかと心配したけど、ただの感情《かんじょう》だとわかってよかった。

わたしがほっとしたところで、自宅《じたく》マンションが見えてきた。

カーテンを閉《し》め始めた家、灯《あか》りをつけ始めた家が目に入る。

そうした家には、人がいるのだろう。

でも、うちには今、誰《だれ》もいない。

お父さんとお母さんがいないのは、せいせいする。

けれど、友だちがいないのは、さびしい。

さびしさにふりまわされなかった、アウトドア派《は》のひきこもりだったころの自分を、ちょっとなつかしみながら、わたしはマンションのエントランスホールに入って、エレベーターを待つ。

こういうときに限《かぎ》って、近所の人と誰にも会わない。

それは、エレベーターに乗ってからも変わらず、途中《とちゅう》のフロアからエレベーターに乗りこんでくる人もいなかった。

おかげで、あっというまに自分の家のフロアに着いたけれど、さびしさを手放し損《そこ》ねた。

誰でもいいからあいさつをかわす。

どうでもいい世間話《せけんばなし》をする。

それだけでも、今のわたしには十分だったのに。

ふっ、人生思うようにいかないことなんて、疫病神体質《やくびょうがみたいしつ》で生まれついた時点で理解《りかい》していたはずだ。

ちょっと強がって見せてから、わたしは自分の家に向かう。

そういえば、どの店に夕食のデリバリーを注文するか、まだ決めていなかった。

宿題をやる前に、うちにあるレストランや食堂のパンフレットのストックを見て検討《けんとう》しておくか。

わたしが家のドアの前に立ち、首から下げていた家の鍵《かぎ》を開けようとしたときだった。

後ろからドアが開く音がした――お向かいの家のドアだ。

お向かいの家は、この前引《ひ》っ越《こ》しで出ていったあと、すぐに新しい人が引っ越してきていた。

せっかく新しい家に引っ越してきたのに、パルゲニョ会の信者たちがたくさん集まってわけのわからない儀式《ぎしき》をして騒《さわ》がしい家（ようするに我《わ》が家《や》）が近所にあるなんて気《き》の毒《どく》に……と、同情《どうじょう》しつつも、エレベーターを待っているときやゴミ捨《す》て場《ば》へ行ったときに会えば、あいさつをする関係になっている。

「こんばんはぁ」

右手にアヒルさん、左手にペンギンさんの鍋《なべ》つかみを装着《そうちゃく》し、大きな鍋を持ったおばさんが、明るくほがらかに笑いながら声をかけてきた。

日曜日夕方のご長寿《ちょうじゅ》アニメの主人公に似《に》た、前髪《まえがみ》がとても特徴的《とくちょうてき》なお向かいの奥《おく》さんだ。

「こんばんは」

わたしもすかさずあいさつを返すけれど、鍋からあふれ出すおいしいカレーの香《かお》りに、くらくらしそうになる。

「ちょうどよかった。お向かいの中村《なかむら》なんですけど、うっかりカレーをたくさんつくりすぎちゃったんで、おすそ分けに来たと、お母さんに伝えてもらえるぅ？」

お向かいの中村さんは、笑顔で胸《むね》の高さに鍋を持ちあげる。

カレーをつくりすぎただなんて、あの長寿アニメの主人公に、前髪だけでなく、うっかり屋のところも似ている……。

いやいや、その前に返事をしなくては。

「すみません。今、母は外出しているので伝えられません」

「まあ、そうなの。じゃあ、夕ご飯の時間になったらまた声をかけてもいいかしら？」

「夕ご飯の時間には帰ってこないので、無駄足《むだあし》になると思います」

わたしの返事は、中村さんにとって意外だったらしい。

大きく目を見開いた。

「あらあらあら。それじゃあ、あなた。今夜は夕ご飯を一人で食べるの?」

「えぇ、まあ……」

あまりにも中村《なかむら》さんが驚《おどろ》いたので、わたしは少々引き気味で答える。

「よければ、うちで一緒《いっしょ》に夕ご飯を食べる?」

人の家に遊びに行っては、わたしについている疫病神《やくびょうがみ》がどんなトラブルを引き起こすか……と思ったけれど、よく考えたら、この前、熊本《くまもと》くんの家に遊びに行ったとき、トラブルは起きなかったから、セーフ、かな?

わたしが悩《なや》んでいるのをどう解釈《かいしゃく》したのか、中村さんは言葉を重ねる。

「お母さんには、あとでこちらから伝えておくから。ね? 一人でご飯を食べるのも、つまらないでしょ?」

テレビか動画を見ながら食べるので、一人で夕ご飯を食べることは、そんなにつまらないことではない。

ただ、さびしい。

でも、いい年してさびしがっていると口に出すのも小さい子みたいだし、疫病神もトラブルを起こしそうにないし、わたしは中村さんが言った「つまらない」という理由に飛びつくことにした。

「そうですね。では、お言葉に甘《あま》えさせてもらいます」

正直、あまりよく知らない人の家にあがりこんで夕ご飯を食べるなんて非常識《ひじょうしき》だし、犯罪《はんざい》に巻《ま》きこまれてもおかしくない。

だけど、中村さんとは何度かあいさつをしていて、まったく知らない関係ではないし、こう言ってはなんだけれど、わたしの両親よりはよほど安全そうな雰囲気《ふんいき》がある。

「引《ひ》っ越《こ》してきたばかりで、ちょっと散らかっているんで気をつけてね」

中村さんは、わたしを家に招《まね》き入れると、ダンボール箱が積《つ》まれた廊下《ろうか》の奥《おく》へ声を張《は》りあげる。

「あなたー。お向かいの渡辺《わたなべ》さんのところへカレーのおすそ分けをしようと思ったけど渡辺《わたなべ》さんのところのお嬢《じょう》さんの夕ご飯がまだだったんで、招待《しょうたい》しちゃったー。いいでしょー」

「えー？　それはいいけど、スプーンやお皿はどこにしまってあるんだい？」

すかさず、日曜日夕方のご長寿《ちょうじゅ》アニメの主人公のだんなさんのような声が、廊下《ろうか》の奥《おく》から返ってくる。

「冷蔵庫《れいぞうこ》のとなりのダンボール箱にしまってあるわよ。あ、適当《てきとう》にくつを脱《ぬ》いであがっちゃってちょうだい」

中村《なかむら》さんは、明るく言いながら、カレー鍋《なべ》を持ったまま、廊下を突《つ》き進んでいく。わたしもくつを脱いであとへ続こうとして、廊下に入ってすぐわきにある部屋が見えた。

そこには、宇宙船《うちゅうせん》の形をしたベッドがあった。

壁《かべ》には、人気SF《エスエフ》アニメ『鋼鉄守護神《こうてつしゅごしん》〈鬼火《おにび》〉NEO《ネオ》』のポスターがはられている。

棚《たな》には、主人公のコニィが操縦《そうじゅう》している、ロボットにも変形する戦闘機《せんとうき》〈鬼火〉のプラモデルと、コニィが捕獲《ほかく》してきた宇宙生物《うちゅうせいぶつ》の中でも人気が高い、ピギャアスのソフトビニール人形が並《なら》んで置かれている。

棚のわきの一人用のクッションの上には、かわいがられすぎたせいで毛並《けな》みが乱《みだ》れ気味の大きなクマのぬいぐるみが、疲《つか》れ切った様子で横たえられていた。

「ああ、そこの部屋。息子の部屋なの。クマの名前は、息子がつけてね。『寿限無《じゅげむ》・ジュテーム・ゴボウのすりきれ・海砂利《かいじゃり》半魚《はんぎょ》の・運河《うんが》を渡《わた》って風来坊《ふうらいぼう》』で、略《りゃく》してフーくんっていうのよ。おもしろい名前でしょ？」

わたしは返事の代わりに、吹《ふ》き出していた。

中村さんは、それで満足だったらしく、わたしをダイニングへ案内してくれた。引《ひ》っ越《こ》ししてきたばかりで、たくさんのダンボール箱に包囲《ほうい》されたテーブルに、ほかと湯気《ゆげ》をあげたカレーが目に飛びこんできて、わたしは急に空腹《くうふく》を覚えた。

「貞枝《さだえ》がいきなり招待したのに、応《おう》じてくれてありがとう。えーっと……」

先にテーブルについていた、日曜日夕方の長寿アニメの主人公のだんなさんと顔の感じがどことなく似《に》ている中村さんのだんなさんは、わたしの名前を言おうとして言葉がつまる。

「さくらです。渡辺《わたなべ》さくらといいます」

「まーぁ、かわいいお名前！　とてもよく似合《にあ》っているわ！　厚夫《あつお》さんもそう思うでしょ？」

「もちろんだとも。さくらちゃん、さあ座《すわ》って座って」

中村《なかむら》さんご夫婦《ふうふ》にすすめられるまま、わたしはテーブルに着く。

カレーをよく見ると、星や花の形にニンジンが切られていて、とてもメルヘンティックな仕上がりになっている。

それから、ふと気になることがあった。

中村さんご夫婦が、優《やさ》しすぎることもある。

でも、それ以上に、カレー皿の数が足りないことが気になったのだ。

「あの、息子さんの分は用意しなくていいんですか？」

すると、中村さんご夫婦は困《こま》ったような笑顔を浮《う》かべてみせた。

「実はね、うちの息子、入院しちゃっているのよ」

「だから、貞枝《さだえ》はいつもの調子でカレーをつくって、うっかりたくさんつくっちゃったんだよね」

カレーをうっかりたくさんつくりすぎた背景《はいけい》が、想像《そうぞう》以上に重い理由で、わたしは思わず言葉を失《な》くす。

明るく笑い飛ばしているけれど、子どもが入院して平気でいられる親なんて、うちの両親を含《ふく》めて少数派《しょうすうは》だ。

ひょっとして、中村さんがいきなりわたしを夕ご飯に招待《しょうたい》したのは、息子さんが入院していて、さびしかったからなのかな？

いきなり自分の家で夕ご飯を食べようと誘《さそ》ってきたときには、ずいぶんと変わった人だと思った。だけど、わたしだって、さびしいからいつもとちがう行動に出たんだ。中村さんだって、同じような行動に出てもおかしくない。

「……息子さん、早く元気になって退院《たいいん》してくれるといいですね」

やっとのことで、わたしは言葉が出た。

「ありがとうね、さくらちゃん」

「大丈夫《だいじょうぶ》。時間はかかるけれど、完全によくなって退院《たいいん》できるって話だから。退院したら、うちの息子と友だちになってくれる？　本当なら五年生になっているはずだから、さくらちゃんと同《おな》い年《どし》くらいだと思うんだ」

「そうね。さくらちゃんが友だちになってくれたら、息子も楽しいでしょうしね」

よっぽど、息子さんが入院していて大変なのだろう。わたしのありきたりの言葉でも中村《なかむら》さんご夫婦《ふうふ》はうれしそうに声をはずませる。

……疫病神体質《やくびょうがみたいしつ》のわたしに、自分の息子と友だちになってほしいとは、何も知らないとはいえ、中村さんご夫婦は危険《きけん》な発言をしてくる。

わたしと友だちになれるのは、トラブルを楽しむ安土真《あづちまこと》みたいな〈放課後カイケツ団《だん》〉のメンバーか、とてつもなく人間ができている月井《つきい》さんや布津《ふつ》さんみたいな人くらい。いいかえれば、わたしと友だちになれるのは、ある意味「選ばれし人間」だけだ。

はたして、中村さんの息子さんは、そこまで突《つ》き抜《ぬ》けた性格《せいかく》の人間なのだろうか？

そんな思いが胸《むね》によぎったけれど、せっかく中村さんご夫婦が楽しそうなので、わたしはあいまいな笑顔をして見せた。

「そういえば、さくらちゃんは七草第一小学校《ななくさだいいちしょうがっこう》にかよっているのかな？　うちの子も退院したら、そこにかようかもしれないから、学校はどんな感じで、どんな子や先生がいるのか教えてもらえる？」

「貞枝《さだえ》、まずは夕ご飯にしようよ。さくらちゃん、どうぞ召《め》しあがって。カレーは貞枝がつくったけれど、お米はぼくがたいたんだよ」

中村さんご夫婦は、明るく楽しくおしゃべりをしたまま、食べ始める。

お客さんであるわたしよりも先に食べ始めるとは、マナーが……と思ったけれど、おかげでわたしも食べていいんだと思えたので、よしとした。

気がつけば、わたしも中村さんご夫婦と明るく楽しくおしゃべりしながら、カレーを食べていた。

よく考えたら、夕ご飯のとき、こんなに話すこと、うちでは絶対《ぜったい》にありえない。お母さんが怒《いか》り狂《くる》いながらつくった夕ご飯を、ひたすら口の中へ押《お》しこんで、お父さんが無神経《むしんけい》なことを言ってお母さんはもちろん、わたしの気分を悪くさせる前に、一刻《いっこく》も早くテーブルから離《はな》れるのが、我《わ》が渡辺家《わたなべけ》の夕ご飯の定番の光景だ。

今まで、楽しい食卓《しょくたく》はマンガやドラマなどの創作物《そうさくぶつ》の中だけの話だと思っていた。両親もテレビでそういう場面を見ては「こんなのつくり話よ」「毎日笑っていられるか」なんて、言っていた。

けれども、なんてことはない。マンションの通路をはさんだだけのお向かいにある家では、ごく当たり前の現実《げんじつ》なのだ。

これが、驚異《きょうい》の格差《かくさ》社会ってやつか。

と、新発見に軽く驚《おどろ》いていると、突然停電《とつぜんていでん》して部屋が真っ暗になった！

わたしについている疫病神《やくびょうがみ》め！

最近おとなしくしていると思ったら、よりによって楽しくなってきたタイミングにトラブルを起こすなんて！

わたしが疫病神《やくびょうがみ》に腹《はら》を立てていると、中村《なかむら》さんご夫婦《ふうふ》が声をそろえて笑い出した。

え、笑うところなの、これ？

「すごーい！　キャンプ場でカレーを食べているみたい！」

「そうだね。天井《てんじょう》に夜光シールをはっておけばよかったな！　そうしたら、星空みたいになって、ますますキャンプ場らしくなったのに！」

「あなた、天才！　あの子が帰ってきたときに備《そな》えて用意しておきましょう！　じゃあアイデアがまとまったことだし、ブレーカーをあげてくるわね！」

うちのお父さんとお母さんなら、盛大《せいだい》にため息をつくか舌打《したう》ちをして、ぶつぶつと文《もん》句《く》を言いながら、ブレーカーをあげに行くのに、中村さんご夫婦は全然ちがった。

トラブルが起きたら、空気がぶちこわしになると思っていたのだけれど、中村さんご夫婦のノリの軽さに、体中の力が抜《ぬ》けてしまった。きっと、わたしについている疫病神も同じだろう。

気がつけば、中村さんご夫婦のおかげで、わたしは人生で初と言えるほど、緊張感《きんちょうかん》ゼロの楽しい夕ご飯を食べることができた。

「よければ、また遊びに来てね」
「いつでも歓迎《かんげい》だよ」
「ありがとうございます。おじゃましました」

中村さんのお宅《たく》で夕ご飯を食べ終え、おなかも心も満足したところで別れを告《つ》げわたしは家に帰った。

遊びに出かけたときのままなので、カーテンが開け放たれている。わたしは、すぐに家中のカーテンを閉《し》めてまわった。

それから、まだ安土真《あづちまこと》へ暗号と刑事《けいじ》さんの連絡先《れんらくさき》を送信していないことに気づいた。

わたしは、冷蔵庫《れいぞうこ》に残っていた麦茶を飲みながら、キッズスマホの画面に呼《よ》び出した暗号に目を通す。

【タコ公園から出発した場合のメモ】
【ろはへらのかんばん】
【むつきはひひはのにわかざり】
【そらときどきみつるP】
【めでかのれぱーく】
【いちにちじゅう楽は仏】
【33ーさんのいえ】　⬆ここ、ひみつきち。

うん、さっぱりわからない！
メモと書いてあるから、見る人が見ればちゃんと意味がある言葉なのだろうけれど、
それをどうして暗号にしちゃうかなぁ……。
……て、そんなの、理由はかんたんだ。

刑事《けいじ》さんは、このメモが行方《ゆくえ》不明になった金柑寺健《きんかんじけん》さんの家にあったと言っていた。家にあるメモを暗号で書いたということは、金柑寺さんは一緒《いっしょ》に暮《く》らしている家族にメモの内容《ないよう》を知られたくなかったんだ。

わたしがそうであるように、誰《だれ》もが必ずしも居心地《いごこち》のいい家に暮らしているとは限《かぎ》らない。

金柑寺さんも、家族に知られたくないから、わざわざメモを暗号にしていた。

暗号は解《と》けなかったけれど、暗号を書いた理由は解けた気がした。

そうなると、新たな問題が浮上《ふじょう》してくる。

金柑寺さんが、何度か家出したことがあるという話だ。

せっかく家出して、居心地の悪い家から離《はな》れられてせいせいしているのに、見つけ出して家に連れ帰るのは、いいことなの？

金柑寺さん行方不明事件《じけん》に関しては、解決《かいけつ》しない方が金柑寺さんにとって幸せなのでは？

わたしが迷《まよ》っていると、家の固定電話が突然《とつぜん》鳴った。

びっくりしたけど、早く出ないと留守番《るすばん》電話設定《せってい》に切り替《か》わってしまう。

わたしは、急いで電話に出た。

「はい、どちらさまでしょうか。こちら渡辺《わたなべ》です」

『さくらさんの友人の安土真《あづちまこと》といいます。さくらさんはご在宅《ざいたく》でしょうか』

電話の音に驚《おどろ》かされていた分、かけてきたのが安土真とわかり、わたしは安心すると同時によくも驚かせてくれたなという思いがこみあげてきた。

「なんだ、安土くんか。渡辺さくら本人よ。どうしてうちの電話番号を知っていたの？」

つい投げやりな口をきく。しかし、安土真は動じない。

『ウータンに電話して、クラス名簿《めいぼ》を調べて教えてもらったんだ。例の暗号と刑事《けいじ》さんの連絡先《れんらくさき》、まだうちのパソコンに送ってくれていないのか？』

そういえば、すっかり忘《わす》れていた……。

でも、ここで刑事さんの連絡先はともかく、安土真に暗号を送ってしまっては、金柑《きんかん》寺《じ》さんの行方《ゆくえ》不明事件《じけん》が解決《かいけつ》されて、家に連れ戻《もど》されてしまう。

わたしは、思い切って安土真へ本音をぶつけることにした。

「ねえ、安土くん。金柑寺健《きんかんじけん》さんが行方不明になっている事件だけど、もしも金柑寺さんが自分の意思で家出をしたのなら、解決して家に連れ戻すのはいいことなの？」

『なんだって？』

「もしも、金柑寺さんの家の環境《かんきょう》が悪かったら、そこへ連れ戻すことは正解《せいかい》なの？」

『渡辺。もしも、家出した先が金柑寺の家よりも危険《きけん》な環境だったら、どうする？』

「それは……」

『その可能性《かのうせい》を考えていなかったようだな。いいさ。ニュースを見れば子どもを虐待《ぎゃくたい》するろくでもない大人どもの汚《きたな》い顔を見る毎日なんだ。渡辺の心配も当然だ。だけど、それでも、ぼくは金柑寺を探《さが》すよ』

「なんのために？ 正義《せいぎ》のため……なんて、安土くんのキャラじゃないね」

『よくわかっているじゃないか、渡辺。安っぽくて底の浅《あさ》い正義のために行動するには、ぼくの探偵《たんてい》の才能《さいのう》はありあまりすぎている。ぼくが行動する理由はただ一つ。解決《かいけつ》するためさ。金柑寺《きんかんじ》を探《さが》すのは、金柑寺が行方《ゆくえ》不明になった本当の理由を突《つ》き止めたいからだ。もしも、金柑寺の行方不明が家出で、その理由が金柑寺の家族にあるなら、その問題も解決したい』

わたしと同じ子どものくせに、そんなことができるの？

よほどそう言いたかったけど、安土真《あづちまこと》ならできそうな気がしてしまう。なんかくやしい。

もう一つくやしいのは、安土真と話しているうちに、気持ちが軽くなってきてしまったことだ。安らぐ要素《ようそ》はなく、いらつく要素の方が断然《だんぜん》多いのに、どうしてだろう？

あぁ、そうか……。

疫病神体質《やくびょうがみたいしつ》のわたしが引き寄《よ》せるトラブルを解決してみせると安土真が言ったあの言葉がうそではないと、今また形を変えて実感できたからだ。

「そう。わたし、ちょっとニュースを見すぎていたみたい。ごめん。今、転送するね」

『いいってことさ。よし、今ちょうど新着ありと表示《ひょうじ》が変わったぞ。では、また明日な』

安土真は早口でそれだけ言うと、電話を切る。

これから家のパソコンに向かって、暗号解読《かいどく》に取りかかるのだろう。

でも、それより、わたしの心に残ったのは、安土真の「また明日な」という言葉だった。

誰《だれ》かの明日に、わたしの明日も含《ふく》まれているとは、なんだかいい気分。

よし!

わたしは、〈放課後カイケツ団《だん》〉のくせ者鍵師《かぎし》!

明日に備《そな》えて、ちょっと道具の手入れをするか!

わたしが気合いを入れたタイミングに合わせたように、疫病神《やくびょうがみ》がまたも仕事をしてくれた。

家の照明ばかりか、マンションを中心に半径《はんけい》二キロメートルがいきなり原因《げんいん》不明の停《てい》電《でん》に襲《おそ》われるトラブルが発生したのだ!

おかげで信号機まで使えなくなったので、お父さんとお母さんが家に帰ってきたのはわたしがベッドの中に入ったあとだった。

停電《ていでん》で帰宅《きたく》が遅《おく》れて不機嫌《ふきげん》なお父さんとお母さんのイライラした話し声がボソボソときこえてきたけど、いつもみたいにゆううつな気分にはならなかった。

なぜなら、わたしの明日は、お父さんとお母さんの明日だけではなく、安土真《あづちまこと》との明日にも、〈放課後カイケツ団《だん》〉のみんなとの明日にも含《ふく》まれているからだ。

こんな明日を迎《むか》えられるのも、勇気を出してみんなに招待状《しょうたいじょう》を渡《わた》すという、わたしの小さな小さな冒険《ぼうけん》のおかげ。

そう考えると、わたしの冒険は大きな成果をもたらしてくれたものだ。

眠《ねむ》りにつくわたしの心は、遊園地のイルミネーションのように明るかった。

※この物語はフィクションです。実在する人物・団体・事件とは一切関係がありません。

巻末《かんまつ》おまけ

ミニゲームブック『五人目の放課後カイケツ団《だん》』

0

君は、わたし、渡辺《わたなべ》さくらのクラスメイト。

すごーくもの好きなことに、〈放課後カイケツ団《だん》〉に入りたがっている。

そこで、〈放課後カイケツ団〉のリーダーである安土真《あづちまこと》に話をしてほしいと、わたしに頼《たの》んできたところ。

では、君の選んだ数字にしたがって文章を読んでいってね。

1 へ

1

君は、わたしと一緒《いっしょ》に安土真《あづちまこと》のクラスへやってきた。

わたしが話をつけると、安土真はこう答えた。

「〈放課後カイケツ団《だん》〉に入りたい人がいる？　だったら、何かおもしろい事件《じけん》を持ってない？　今、すごく退屈《たいくつ》なんだよ。だから、事件を持ってきてくれたら〈放課後カイケツ団〉に入れてやらなくもないよ」

この性格《せいかく》悪いマッシュルームめ！

これでも、安土真に事件を持ってきてやる？

はい　P176 7 へ

いいえ　P174 4 へ

② 図書室に到着《とうちゃく》すると、すぐに君は『名たんていカメラちゃん　ぬすまれたダイヤのなぞ』を手に取って、手紙を取り出した。

そこへ、熊本《くまもと》くんが突進《とっしん》してきた！

「ボヘェー、デロデロ、ボゲェー！」

よける P176 ⑧ へ

熊本くんがよけてくれると思って、よけない P175 ⑥ へ

③ 「もう暗号解読《かいどく》にあきたし、安土《あづち》にもイラついたから帰る！」

君はそう言って、図書室を出ていった。

P178 ⑮ へ

4

いきなり事件《じけん》を持ってこいと言われても、そうそう転がっているものじゃないよね。
　だから、君が安土真《あづちまこと》に事件の話をできなくても、気にしないで。
こんな性格《せいかく》悪いやつ、放っておこうよ。

そう言おうとしたそばから、伏見《ふしみ》さんが元気よく乱入《らんにゅう》してきた。

4-B へ

4-B

「おもしろい事件《じけん》なら図書室にあるよ！　『名たんていカメラちゃん　ぬすまれたダイヤのなぞ』という本にはさまっていた古い手紙の内容《ないよう》が、暗号みたいになっていてね。これは、安土に解《と》いてもらわなきゃと思ったんだ。さあ、図書室へレッツゴー！」

図書室へ行く　P173 2 へ

図書室へ行かない　P177 12 へ

5 君と安土真《あづちまこと》の解《と》いた暗号《あんごう》を合わせると、こういう意味の手紙になった。

〈やっくんへ。わたしに『大好き』と言った答えは、『ワラ人形殺人事件《じけん》』の本にはさんであるよ〉

……よりによって、ぶっそうなタイトルの本に返事をはさんでおいたな。

「おれ、その本が置いてある棚《たな》を知っているぜ！　いつも本棚飛びでよじのぼるとき、ハシゴ代わりに使っている本棚の一番上にあるやつだ！」

熊本《くまもと》くんが、彼《かれ》らしい基準《きじゅん》で記憶《きおく》をよみがえらせる。

何はともあれ、本のありかがわかったから、取りに行こう。

P180 **19** へ

6 熊本《くまもと》くんをよけなかった君は、熊本くんと激突《げきとつ》！　手紙は破《やぶ》けてしまった。

P178 **14** へ

7

君は、二十分休みに図書室で読んでいた『名たんていカメラちゃん　ぬすまれたダイヤのなぞ』にはさまっていた、古い手紙について話し始める。

何それ？ わたしまで、気になってきた！

P174 4-B へ

8

熊本《くまもと》くんをよけてから、君は手紙を見せてくれた。

手紙には、こう書かれていた。

〈やっくんへ。わたしに『サイコロと鍵《かぎ》』と言った答えは、『にんじんぎょうじわんつさらけ』の本にはさんであるよ〉

君も安土真《あづちまこと》と一緒《いっしょ》に暗号解読《かいどく》を始めた。

P179 16 へ

9

「この手紙には、二つ暗号が書かれている。手分けして解読《かいどく》しよう」

安土真《あづちまこと》が推理《すいり》の協力《きょうりょく》を求めてくるなんて、君はけっこう安土真に信頼《しんらい》されているみたい。

「サイコロと鍵《かぎ》」の暗号を解読する P177 13 へ

「にんじんぎょうじわんつさらけ」の暗号を解読する P177 11 へ

10 「『サイコロと鍵《かぎ》』を英語にすればいいんだ！　サイコロは英語でダイス、鍵は英語でキー。だから、二つ合わせて『ダイス・キー』で『大好き』って意味だ！」
君は、見事に暗号解読《かいどく》に成功《せいこう》した。すごい！

P175 5 へ

11 「『にんじんぎょうじわんつさらけ』とは、いったいどういう意味だろう？」

暗号解読《かいどく》をあきらめる P173 3 へ

暗号解読をあきらめない P179 17 へ

12 「自分から言い出しといてなんだけど、安土《あづち》の態度《たいど》にイラっときたから帰る」

P178 15 へ

13 「『サイコロと鍵《かぎ》』か。いったいどういう意味だろう？」
君は考えこむうちに、ひらめいたようだ！

P177 10 へ

14

「これでは何が書いてあるのか、わからないな。まさか目の前で事件《じけん》が迷宮《めいきゅう》入りするとは思わなかったなぁ」

安土真《あづちまこと》は、舌打《したう》ちする。

君も、舌打ちする。

それから、二人して仲良く話を始める。

もしかして、熊本《くまもと》くんの失敗のせいで、君と安土真が意気投合《いきとうごう》した？

すごく話がはずんできている。

〈放課後カイケツ団《だん》〉の一員にはなれなかったけれど、安土真の友だちにはなれたみたいだね。

END《エンド》

15

君が帰っていったあと、安土真《あづちまこと》が珍《めずら》しく、やるせない顔をした。

「ぼく、そんなにイラつかせる態度《たいど》を取ったかな？」

取っているとも。

今ごろ、気がついたの？

わたしは、君のおかげで「反省する安土真」という、世にも珍《めずら》しいものを見られて、満足した。

GAME OVER《ゲームオーバー》

16 暗号解読《かいどく》のためにメモを取っていなかったら、安土真《あづちまこと》が冷ややかな目で君を見てくる。

「謎解《なぞと》きする気のない人は、〈放課後カイケツ団《だん》〉にはいらないよ」

GAME OVER《ゲームオーバー》

手書きでもなんでもメモを取っていたら

P176 ⑨ へ

17 「ひらめいた！　この暗号は、文字を並《なら》べ替《か》えればいいんだ！　つまり……」

君は、ものすごいスピードで文字を並べ替えていく！

そして、完成したのは、こんな言葉だった。

〈わらにんぎょうさつじんじけん〉

『ワラ人形殺人事件《じけん》』ってことね。

ちょうど安土真《あづちまこと》も、もう一つの暗号が解《と》けたみたいだし、二つの暗号を合わせてみよう！

P175 ⑤ へ

「君もすばらしい頭脳《ずのう》の持ち主だ。〈放課後カイケツ団《だん》〉に入りたいと言っていたね？　喜んで歓迎《かんげい》するよ！」

18

安土真《あづちまこと》が、珍《めずら》しく大はしゃぎだ！
君はどうする？

〈放課後カイケツ団〉に入る。

P181 20 へ

〈放課後カイケツ団〉に入らない。

P177 12 へ

19

本を開くと、古い手紙が出てきた。
でも、そこには、『ムーミン』に出てくるミィが二人描《えが》かれている絵だけしか入っていなかった！
もしかしなくても、また暗号だ！
いい加減《かげん》、いやになってきたところへ、安土真《あづちまこと》は楽しげにほほ笑んだ。
「ミィが二人だから、ミィ2《トゥー》。つまり、英語の『me too《ミートゥー》』なので、『わたしも』という意味になる。だから、『大好き』に対して『わたしも』って返事になる。ラブレターを暗号でやり取りするなんて、昔の七草第一小学校《ななくさだいいちしょうがっこう》には、おもしろい子がいたもんだ！」

P180 18 へ

20 「君の〈放課後カイケツ団《だん》〉のポジションは、探偵《たんてい》助手だ！これからも、よろしく頼《たの》むよ！」

おめでとう！

君は、五人目の〈放課後カイケツ団〉のメンバーになった。疫病神体質《やくびょうがみたいしつ》のわたしのせいで、これからたくさんトラブルに巻《ま》きこまれると思うけど、君なら大丈夫《だいじょうぶ》！

HAPPY《ハッピー》 END《エンド》

作 齊藤《さいとう》 飛鳥《あすか》

1982年神奈川県生まれ。日本児童文学者協会会員。『へなちょこ探偵24じ』(童心社)で第33回うつのみやこども賞を受賞。おもな児童文学作品に『子ども食堂かみふうせん』(国土社)など。2018年には『屍実盛』で第15回ミステリーズ!新人賞を受賞し、羽生飛鳥名義でミステリー作家としても活躍。作品に『歌人探偵定家』(東京創元社)、『賊徒、暁に千里を奔《はし》る』(KADOKAWA)などがある。

絵 十々夜《ととや》

イラストレーター。富山県出身、京都育ち。児童書の装画を中心に、キャラクターデザインやゲームのイラストなど幅広く活躍中。児童書の仕事では『リリー・クエンチ冒険ファンタジー』シリーズ(Gakken)、『ストーリーで楽しむ伝記・空海』(那須田淳・岩崎書店)、『渋沢栄一 日本資本主義の父』(小沢章友・講談社青い鳥文庫)など。

シニカル探偵 安土真

⑤ さくらの小さな冒険

2024年12月25日 初版1刷発行

作 者 —— 齊藤 飛鳥
画 家 —— 十々夜
装 丁 —— 野村 義彦(Lilac)

発 行 —— 株式会社 国土社
〒101-0062 東京都千代田区神田駿河台2-5
TEL 03-6272-6125 FAX 03-6272-6126
URL https://www.kokudosha.co.jp
印 刷 モリモト印刷 株式会社
製 本 株式会社 難波製本

落丁本・乱丁本はいつでもおとりかえいたします。
NDC913 182p 19cm ISBN978-4-337-04315-2 C8393